[百花谭文丛]

陈子善·主编

花屿小记

张宗子/著

天津出版传媒集团

百花文艺出版社

图书在版编目(CIP)数据

花屿小记 / 张宗子著. -- 天津：百花文艺出版社，
2014.8
（百花谭文丛）
ISBN 978-7-5306-6460-5

Ⅰ. ①花… Ⅱ. ①张… Ⅲ. ①散文集–中国–当代
Ⅳ. ①I267

中国版本图书馆CIP数据核字（2014）第153701号

责任编辑：徐福伟
装帧设计：郭亚红　　责任校对：曾玺静

出版人：李华敏
出版发行：百花文艺出版社
地址：天津市和平区西康路35号　　邮编：300051
电话传真：+86-22-23332651（发行部）
　　　　　+86-22-23332656（总编室）
　　　　　+86-22-23332478（邮购部）
主页：http://www.bhpubl.com.cn
印刷：天津市银博印刷技术发展有限公司
开本：787×1092毫米　　1/32
字数：100千字
印张：8.5
版次：2014年8月第1版
印次：2014年8月第1次印刷
定价：29.00元

目　录

辑　三

序

　　老杜写读书的诗,有几句特别好,如"雨槛卧花丛,风床展书卷","竹斋烧药灶,花屿读书床","负米力葵外,读书秋树根","群书一万卷,博涉供务隙","读书难字过,对酒满壶频","书乱谁能帙,杯干可自添",还有"山居精典籍"。画家爱取"读书秋树根"为题,其实前两个例子也饶有画意。老杜说读书难字过,意思接近陶渊明的"不求甚解"。陶渊明笔下的五柳先生好读书而能不求甚解,要么他悟性高,一读便通,要么世上的书,本极浅显,不值得过分索解。无论是哪一种情形,显见他立脚在高处,因此能够一览无余,漫不经心。这里头很有一点自负的意思。老杜年轻时候读书是下了死功夫的,中年漂泊,所经历的一切,都可用来反刍昔日的所读所思。衣食第一,读书渐成精神的奢侈作为,说来是可有可无的。偶尔偷偷懒,信马由缰，马上观花，不仅是因为有了酒，或许那时就有这么一种心境，书和酒，都是消遣，意义不在于读多少，喝多少，怎么读，怎么喝，只要读了喝了，就行了。注家为老杜这句诗找理由，说他年纪大了，眼力不好，才会把难字放过。完全不必。一个人纵以认真出名，也不会每时每刻在每件事上都认真。读书更是如此。"博涉供务隙"，字面不美，意思悠然。这一句应当和"山居精典籍"参照着看。山居有闲，地僻客少，天长日久，典籍不求而自通。假如换作在长安居，用他自己的话说，会不会经常免不了"朝扣富儿门，暮随车马尘"呢？杂事纷纭，疲于奔波，精通典籍的可能性肯定小一些。

　　说到读书的环境，以前写过一段话，大意说："我喜欢在咖啡馆看书，坐靠窗或靠墙角的座位。试过公园，无论是在湖边，还是对着大丛的杂花，都不行。只顾看花看草听鸟鸣了。街心公园适合坐在那儿发呆，听音乐，读唱片说明书，闲看行人：带孩子的，牵小狗的，故意打扮得漂漂亮亮走着让人欣赏的。候机室是读书的绝好地方，虽然机会很少。相比之下，候车室太乱，容易使人失去耐心。在家里看书，也不喜欢独自一人，喜欢有响动在周围，时有时无，不大不小。在咖啡馆也是这样。能够平心静气，就是因为周遭人声不断。所以，舒服的静谧，是闹中取静，但有一个条件，那闹是熟悉的，友善的，因此形成一个放松的背景。太安静使人不安，甚至恐惧，因为有孤独无依的感觉。爱伦·坡写过一个寓言小品，绝对的安静使一个最坚强的人发疯。因此想到，过去那些常年隐居在深山的人，果真身边没有一个人，果真？他们要么是疯子，要么已经超凡入圣。以青山白云为伴，是的，还有虎豹狼虫，琪花瑶草，难怪他们可以断绝火食，煮白石，饮流霞。"

这当然是谈理想，若是必有之事，还用得着说吗？春夏秋的好日子，守在屋里读书未免单调。老杜说"花屿读书床"，简单得很，无非是在院里或门外花木丛中稍高的地方，搬把小椅子，坐着看书。他在成都郊外草堂那几年，生活相对安定，这个要求不高，随时能做到。乡下当然处处是花草，只要不下雨，不刮大风，哪里不可以坐半天。我小时候在乡下度夏，吃过晚饭，男女老少搬了大椅子小凳子，在山坡脚下池塘不远处的平展地上，摇着扇子乘凉，看萤火虫，看月亮和流星。这样朴实的情景，若以老杜的笔法写成一首五律七律，也就和《江村》之类差不多了。

我又时时想起在县城老家住的小平房，院子那么小，周围全无风景，可是墙头上种了洋马齿苋，墙边摆了很多花盆，地上的青砖是湿漉漉的，生着青苔，院子里有麻雀、苍蝇、蚊子、蚂蚁、小蠓虫，偶尔飞过一只蝴蝶，让人感觉生意欣欣。我就在这小院子，坐在藤椅里，读书读报，喝茶打盹。

在纽约二十年，几次搬家，都是住盒子一样的公寓楼，从来不喜欢。平房虽好，不容易住。住楼，随便一棵草，都要精心护植在盆钵里，虽是真花真草，也不能错落成丛，缺乏自然姿态，和假花有多大区别？周末没事，爱去公园乱走，尝试过几次带书去，在树荫下半晒太阳地读，结果读不了多久。毕竟是出门在外，回家要走二十分钟路，假如带的书不好看，不能随时在书架上取换。加上春末秋初，天气好，草木飘香，虫鸟唧啾，一不小心便在长椅上昏昏欲睡。

在外读书，最好是读小说和回忆录，其次是笔记和随笔。在一些时间和地点都受限制的场合，如机场，往往可以读完一本平时很难一口气读完的书。

读书出于好奇，不知道的事想知道，没弄明白的事想弄明白。闷香是什么玩意儿？断肠草长得什么样？章惇这家伙到底是个什么样的人？张良长得秀气，像女人，他有没有胡子？魏征为什么喜欢吃醋芹？韩偓的艳诗难道比元稹的还艳？这些问题，都和我们没关系，然而就是想知道。曾经不理解追星的少男少女，为何对明星任何生活细节的获知都像破解了千古之谜一般兴奋，现在理解了，他们和我们是同样的心态，不过对象不同而已。我自小好奇心重，至今不减分毫。凡事想刨根问底，却又缺乏学者的素养，没有耐心上天入地搜罗资料，所以特别佩服做名物考证的人。读书时遇到小物件小掌故的资料，不同书里寥寥三几条，往往喜出望外，归置到一起，觉得很可谈一谈，诚如庄子书中河伯所言，不免见笑于大方之家。至于感受，倒确确实实是自己的，无所谓高明与否，好玩罢了。

2013 年 12 月 24 日

辑 一

昔 游

我在那些奇怪的夜晚遇到他们
太熟悉了，不需要问候
也许倾谈了很久，直到露珠满天
也许视若不见，宛若路人

在分手时礼貌地一笑
他们的面孔似乎令人不安
熟悉到不愿重温，陌生到难以回避
高贵中藏着未来的丑闻

——嘉忆，2007。

天宝三年(744年)，杜甫三十三岁。那年夏天，他在洛阳第一次见到慕名已久的李白。秋天,杜甫、李白,加上高适,结伴同游梁宋。一年后,杜甫漫游东鲁,再度与李白相逢,度过了一段极其亲密的日子。白日把酒论文,夜晚抵足而眠。这是杜甫一生中少有的放浪形骸的快乐时光,值得他晚年一再追忆。漂泊西南的十年,高适和他时相过从,生活上大概也给他一些照顾,尽管贴心的程度不如严武。而李白此后天涯奔窜,居无定所,流言纷纷,生死无闻。杜甫后来所有关于李白的诗,都流露着生死永隔的哀痛。"魂来枫林青,魂返关塞黑。"写得鬼气森森,寒凉入骨。至情至性之人,每于伤悼之中不能自拔,然而悲人悲世而不自悲。仁者胸怀,深广远大,超逸乎文字之外。人以为自伤身世者,若只是自伤身世,不过一弱男子弱女子,嘤嘤于书房或闺中,终不能使闻者颜色沮丧,天地为之低昂。一己之得失,尤其是牵系在欲望上的,纵然美轮美奂,毕竟太小。杜甫写了那么多哀悼的诗篇,哀悼的不仅是李白,也包括那些遥远的政治人物和军事将领。他是在哀悼一个时代,或者也不是时代,是机运,是人的事业在历史上微微弹起的一点波痕。

相信很多人都做过与古人遇合的梦。伍迪·艾伦在

《午夜巴黎》中借助这种遇合一诉其怀旧情怀,同时也宣告了个人的衰老。怀旧总是高尚的,因为无利可图。但《午夜巴黎》中功不成名不就的小作家,既希望前辈名流的指点和引介,又期待理想的爱情——完全非物质主义的巴黎女郎,这就相当实际。可见在如今,怀旧也不一定可靠。由于困难,难得纯粹。当然,曾经要多世俗有多世俗却又聪明得一塌糊涂的伍迪·艾伦先生,牛排肯定是啃不动了,坚果也不再齿颊留香,二十世纪二十年代的巴黎,以及更早的,早到印象派霞光初露,早到拿破仑三世时的浮华和优雅,对于他,彻底变成了一个符号,而且意义绝不超出符号自身。在这种意义上,伍迪·艾伦和毛姆笔下《刀锋》中的美国人艾略特·谈波登也没什么两样。老好人谈波登信奉的格言是:人死后进天堂,美国人死后去巴黎。他说,巴黎是世界上唯一适合文明人居住的城市。

巴黎有文学。巴黎有艺术。巴黎有时尚。巴黎有最好的咖啡和葡萄酒。

巴黎的街道,巴黎的小店,这一切,归为一个词:巴黎是风流的。

但它们都是时代的产物,像对开的曾经风华绝代的书页,已被时光之手不经意地合上了。

关于酒吧、咖啡馆、旅馆大厅、贵妇人的沙龙和舞会的油画数不胜数。画面上的人彼此陌生。他们衣冠楚楚,端着酒杯,或指间夹着雪茄,交谈着,观看着,端坐着,身体相亲或距离遥远,目光在画布之外交集。他们同时又是朋友、情人、私密的仇敌、暗恋或暗自怀恨的人。

但没有否认他们彼此是陌生的。

他们也未必属于同一个时代,同一个世界。

他们之中必有回到过去的人,与古为徒,在浓密的烟雾和暗淡的灯光下,和他们热爱的古人交谈。他们不谈具体的事,不谈个人,没有介绍和寒暄,话一开始就深入主旨,好像在继续上一次没有谈够的话题。又因为他们相知已深,那些话语是零散的,不需要过渡和连接。有时他们只是随便提到一个名字,一首诗中的一句,其中一个人的眼光向远处一扫,立即收回来,另一个像是点了点头,又像是为了凑近拿起的杯子。总之,他们走动,在不同的群体间交错,随时离去,随时出现。不见得都是午夜,但记忆里也从没晨光熹微。时间是水,从一个杯子到另一个杯子,化为汽,凝结为冰块,凉得指尖颤抖,捂得心头温暖。

我总是这样无来由的。

和高李同游梁宋那年，杜甫三十三岁，李白比他大十一岁，高适更年长，已经四十五岁了。对于李白，年龄不算件事。他一向率性而为。高适稳重，年纪又最大，虽有满腹牢骚，却出语温和。喜言王霸大略，务功名，尚节义。他肯定没有想到几年后会飞黄腾达，一直做到成都尹、剑南西川节度使，封渤海县侯，成为唐代大诗人中官职最高的一位。

常常把高李杜的壮游想象成刚来美国时留学生喜欢的野餐：开车到近郊，找一处山清水秀草绿花繁之地，铺布单于树下，喝啤酒，烧烤，高谈阔论。唐朝没有汽车，他们三位也不骑马。春光融融，信步走过宽阔的草地，走上山坡。李白不用说，昂首阔步冲在前头，高适稍落后一两步，在李白的右侧。他们谈兵，谈管晏和诸葛亮，谈朝廷的领兵大将，胡人彪悍，一枝独秀。李白不时要把鲁仲连拉出来展览一下，由鲁仲连扯到张良，而张良神话的重心不在运筹帷幄，而在授兵书的桥上老人。其次，还有张良的形象，"状貌如妇人好女"。桥上老人自然是仙道一流，而皇上也曾游过月宫的。

高适对鲁仲连没有兴趣,桥上老人他也不信。至于皇上有没有游过月宫,那不重要。《霓裳羽衣曲》偶尔听一次,大概还不错吧。

杜甫一个人落在后边。他背着所有的物件:酒和食物,铺地的席子。酒酣高歌劲舞,当然要带两把剑、一张琴。傍晚可能起风,那么,每人还得加一件袍子。当高李停下脚步,争执得不可开交的时候,他慢慢赶上了,听清楚他们的话,大多是李白的话。李白喜欢高声,旁若无人地喊叫,手舞足蹈。这时候,高适总是笑笑,然而不置可否。在李白以为已经说服了对方时,他其实寸步未退。

杜甫的理想是做一个谏官,一个道德主义者,一个孔子一样大节分明、温文厚道的长者。他觉得诗是他唯一玩得尽兴的游戏。他奇怪的是李白有旷世无二的才华,超过了鲍照、何逊、阴铿,也不亚于他最佩服的庾信,却并不把诗当回事儿。也许是得之太易吧。

他们当然也谈诗。杜甫心里想:李白总是说建安风骨,骨子里他也相当接近曹氏父子,可他自己偏偏口不离小谢,这也不能说不对,李白是可以像小谢一样秀丽飘逸的。他甚至有点郭璞,不过郭璞是站在地上的游仙,李白才是真正飞起来的。曹氏父子的游仙大气又质朴,那是汉人的境界。经过了南朝几百年的陶养,我们回到汉人已经不可能,然而李白身上确实有汉人的影子,这就是奇迹了。未经人为的,叫作"天"。李白的诗,该是天成的吧。

高适太像王粲,一步一步,很稳。

建安时代还没有苦吟派,南朝则很多。李白说,苦吟是缺乏才气的表现。这话最初很使杜甫沮丧。他是把李白看作亦师亦友的。想到谢灵运和庾信,他多少恢复了一些信心。谢庾两位的诗告诉他:苦吟也可以达到一种境界,那就是,通过限制而自由。放纵就是自由吗,未必都是。那么,限制亦然。自由就是,凡我所行皆成路。当格律变成个性时,谁能说是格律限制了我,还是我生成了格律。

"忆年十五心尚孩,健如黄犊走复来。庭前八月梨枣熟,一日上树能千回。"

不能想象这是小时候的杜甫。而李白用"飞扬跋扈"形容杜甫,也予人匪夷所思之感。

一方面是"胡姬压酒唤客尝",一方面是"青娥皓齿在楼船"。那些年,杜甫三十三岁,李白则一直青春着。相对的,高适的青春五十岁才开始。

十九世纪的德国大指挥家汉斯·冯·彪罗，将巴赫、贝多芬和勃拉姆斯称为古典音乐中的三 B，因为他们姓氏的第一个字母都是 B。其中的后二 B，一直是我的心爱。我也可以添上布鲁克纳，凑成自己的三 B。布鲁克纳是年纪大了才慢慢喜欢上的，喜欢他的笨重和冗长，喜欢他的缓慢和固执。这一切，构成他的憨厚。得道者，要么天生才智过人，心有灵犀，要么满脑袋呆气，踏实而固执，近于愚笨。可见最近的路就是最远的路，而最远的路就是最近的路。最不可靠的，是既不够聪明，又不够笨。世人以为和自矜的，就是这样的聪明。不过，对布鲁克纳的喜爱，无法与对贝多芬和勃拉姆斯的相比，正像高适在我心目中不能和李杜相比一样。放在十年前，对于布鲁克纳动辄长达二十多分钟的慢板，我是没什么耐心的。现在，时间并没有更丰裕，但我学会了从容，学会了等，学会为了辉煌壮丽的几分钟的高潮，在几十分钟的轻抹慢捻中抽枝长叶。

那天，在回程的地铁上，听着勃拉姆斯的《第四交响曲》，读新买的第二和第三交响曲合集的唱片说明书。看到一处，乐不可支。

且说勃拉姆斯是个创作态度极为严谨的人，作品不厌修改，务求完美。他对贝多芬敬佩如神，家中供奉着一尊贝多芬的大理石胸像,俯瞰着他写作之处。贝多芬的九首交响曲丰碑在前,朋友和民众都期待他踵武先哲,写出像贝氏之作一样深刻庄严的作品。对此,勃拉姆斯感到很大的压力。从 1854 年二十一岁时开始动笔,《第一交响曲》的完成,至少花掉了他十四年时间,到 1876 年首演时,他已经四十三岁。

《第一交响曲》的成就立即获得大批评家汉斯力克的肯定,彪罗称之为"贝多芬第十"。《第一交响曲》和贝多芬作品的密切联系是显而易见的,它和贝多芬的第五一样,都是强有力的 C 小调,结束于经由斗争而获得胜利的 C 大调,命运的动机也来自贝多芬的第五,而终曲的主题则和贝多芬第九的终曲如出一辙。当人们指出这一点时,实心眼的勃拉姆斯颇为郁闷,觉得这像是在指责他"抄袭",实际上,他引用贝多芬,意在表达对乐圣的敬意。

使我觉得可乐的是他嘟嘟囔囔说出的那句话:像贝多芬?傻瓜都看得出来——Any ass can see that。

《第二交响曲》不搞英雄与命运搏斗最后赢得胜利那一套,结果,人们说,这是勃拉姆斯的《田园交响曲》。事情还没完,刚正爽利的第三,又被比为贝多芬的"英雄"。只有最后一首,不那么容易听的第四,没法简单地套贝多芬了。第四沉郁而雄壮,和贝多芬的区别,好比杜甫和李白。

听勃拉姆斯,我想到《易经》的乾卦:刚健中正,像日月星辰的运行一样精确严密,像物理学基本规律一样气魄宏大,同时简洁优美。这一点,贝多芬也不见得处处都能做到。勃拉姆斯之后,则再无第二人。

事实上,勃拉姆斯的音乐语言也像《易经大传》,精确,严密,刚劲,锐利,节奏明朗,有不容置疑的权威感,然而不失温暖和亲切。以后世的散文作比,他非常接近韩愈,也有蒙田的精神。以诗作比,秀丽大度如王维,织体绵密如老杜,胸襟恢弘如半山老人。有人说他骨子里是有感伤的,比如在他《第二交响曲》的第二乐章。他的室内乐多半委婉深曲,不是欲说还休,而是始终保持节制。在勃拉姆斯这里,我终于明白:节制不仅出于自尊,也和矜持无关,节制是一种高贵。

知道节制,勃拉姆斯有多少情绪,都能安排得像几何一样纯净。没有冗余,也不缺乏。在他的交响曲任一乐章的中途,我都无法停下来。不是沉迷于哀伤缠绵的旋律,而是他的音乐织体太强大,不可能撕裂打破。我走在路上,戴着耳机听,时时要为他的曲子多走一个站,只为了把一章听完。

有人对我说，你喜欢勃拉姆斯，是因为性格相似。

勃拉姆斯的性格和习惯，一般都会提到的有几点：

他和贝多芬一样热爱自然，喜爱在维也纳郊外的林中散步。他终身未娶，对小孩子有特殊感情，随身携带糖果，散发给他们。不擅长和成人交往，他的学生古斯塔夫耶纳说，有人说他脾气不好，那是不确实的，勃拉姆斯是一个再可爱不过的人。他对朋友讲义气，很大方，自己的生活却很俭朴，尽管他成名后相当富裕。他住一套不大的公寓，乱糟糟地堆满了乐谱和书。一位管家替他清扫和做饭。他留大胡子，穿便宜的衣服，不穿袜子，人们常以此拿他开玩笑。他把很多钱用来资助朋友和学生，唯一的条件是要他们保密。

和康德相似，勃拉姆斯的一些生活习惯终生不变，而且精确。比如说，维也纳的"红豪猪"酒馆，他每日必去。他走路时永远背着手。由此传下一张漫画：勃拉姆斯负手而行，身边跟随着一只红色豪猪。

庄子在《田子方》篇讲过温伯雪子和孔子的故事。温伯雪子到齐国去,经过鲁国,鲁国人纷纷慕名求见,孔子也去了。见面,却不发一言。子路觉得奇怪,孔子解释说:"若夫人者,目击而道存矣,亦不可以容声矣。"

还有一个故事。孔子见老聃,倾谈甚久,出来后,大有感叹,对颜回说:"我对世界的认识,不如醋缸里的小虫(醯鸡)。如果不是他老人家替我揭开盖子,我哪里能知道天地的真容。"

敢于承认自己是醯鸡的人,是人中之杰。当有人"发其覆"的时候,他跃身而出,从此优游于大漠广野。旦暮之间,得遇发覆之人,是珍罕的缘分。但仅有缘分还不够。缘分到时,你必须早已准备好。这是双重的罕遇。

如果没有缘分,怎么办?

你自己破覆而出。

勃拉姆斯和写"圆舞曲"的小约翰·施特劳斯是终生好友,就在他去世前,还挣扎着想去看施特劳斯轻歌剧《理性的女神》的首演。韩愈表达对孟郊的仰慕时说,"吾愿身为云,东野变为龙。四方上下逐东野,虽有别离无由逢。"勃拉姆斯推崇施特劳斯的《蓝色多瑙河》,说愿以一切所有换此一曲。他曾在为人签名时抄下《蓝色多瑙河》乐谱的开头几小节,后面注以"惜非勃拉姆斯所作"!

至情至性之人,必有世俗难解之所为。认为凡事皆有正当理由的人,纵然从蚂蚁成长为一列火车,他一生之全部所为,不如改变一朵花的颜色。

2012 年 4 月 24 日

读书这件事

一

自从来美国,读书的习惯慢慢变了。很少有系统或有计划地读,读得散,读得杂,读得随意。个中原因,一方面,不像过去那么有时间;其次,也许是更重要的,找不到需要的书。能买的书,家里摆得下的书,数量微不足道。闲览尚可,若要查考任何题目,那是想都不要想的。过去积攒多年,留在北京的那一批,是我最看重的。自己感兴趣的几个领域,如中国古典诗词、西方现代诗歌、先秦诸子,以及二十世纪欧美小说,就当时的出版状况而论,算是收集得相当齐全了。这些年,每次回国,蚂蚁搬家似的往纽约搬,搬来不少,也因损坏而丢弃了不少。但大部头的、成套的书,还是搬不动。去年夏天回国,行前列了一张书单,为几篇打算写的文章补充材料,结果大部分书都找不到。比如说,我一直觉得鲁迅的犀利文风颇受朱子影响,在洛阳的书店,看到《朱子语类》厚厚八册,人又傻了。庾信的集子才三册,就忍着没拿。八册,太奢侈了。

好多文章因此留下了可能永远不会有机会弥补的遗憾,也是将来可能招人诟病的软肋。写董说的《西游补》的时候,到处找他的《丰草庵集》,去了哥伦比亚大学东亚图书馆,仍然找不到。写张鬼的时候,宋以前的志怪小说,因为有《太平广记》,差不多扫荡了一遍。宋以后的书,虽然借助手头的若干种和传世藏书之类的大部头礼品书,翻出不少有用的记载,但相对于汗牛充栋的史籍,所触及的,不过九牛一毛。轻薄为文,本是大忌,然而受制于客观条件,只能徒唤奈何。

近年极少买书,买了也没地方放。早年的英文书,几乎扔光,只留下几本诗集,算是纪念。要看书,去图书馆借。不知不觉地,这就完成了从市场经济到计划经济的转变:从前是,想读什么,去找什么;现在是,图书馆有什么,读什么。我总不能要求人家图书馆专为我一个人买书。

借回家的书,认真读的,少之又少。大部分只是翻翻就抛在一边,另一部分,一目十行,草草读一遍,过后即忘。喜欢的几本,往往需要一再续借。

这样读书不专业，费时间。在完全不同的书之间天马行空似的乱跑，无异于喝醉的人在大花园里跟着众人赏花，除了第二天身上被花刺扎伤，被石头绊倒跌伤的地方还隐隐作痛，大概什么也记不起来了。

不过有一点值得庆幸：读书如此不成章法，脑子倒没有成一团糨糊，前后多年里读过的书，遇到有关联的，能互相启发，互相补充的，一想，总能清楚地想起来，那效果，也和一本接一本地连续读差不多。

我想，读书和中药铺里的情形有点相似吧。那些草叶树根分门别类收在抽屉里，一搭配，就是治病的良药。你得熟悉什么药存放在哪里，需要的时候，一找便得。否则，乱糟糟地堆在仓库，纵然如山如海，终不过是一团乱草。

二

杂事繁多而读书渐无耐心，晚上好好的几个小时，东翻西翻，转瞬即过。新买的几本子书，读罢前言后记和附录的资料，再从第一卷读起。正文之后，是注释和讲解。不到数章，已觉烦闷。合卷细想，原文不过数千或几万字，捧着几百页的厚厚一册，心里先有了畏惧之意，何不直接读原文。一试，效果果然好。寻常几天甚至几个星期读不完的,一晚上两晚上就读完了。不敢说字字精通,但无妨意思明白,而且一气读完,有很痛快的感觉。

书,看来还是先通读一遍的好。一遍之后,从容点,再去读历代的通释和指归。特别喜欢的书,手中有多种本子,对比着读也不错。不过像老庄孔孟之类,注本数以百计,大约看过几种,发现彼此面目差别不大,新意独出的,不过有限的几处。然而新意之中,另辟蹊径的多,自抒胸臆的多,扣着原文,直探作者本心,发前人之所未道的,毕竟少之又少。

好的注释,其一,是把历史背景交代清楚,这常见诸题解部分。其二,涉及同时代人物。用典,涉及历史名人,这都问题不大,稍有常识,或有一本可靠的工具书,都能解决。作者的那些朋友,要从正史、地方志,或同时代人的文集里找出来,编著者花工夫,对于读者,功德无量。其三,作者用意委婉深曲,或文心独运,修辞高妙,细微处不易领会,经注者拈出,读者有会于心,为之解颐——这是最上等的功夫,百不一见。

讲解《世说新语》的人,于曹操见匈奴使者一节,多不提此事纯属虚构,乃是将汉人故事嫁接到曹操身上。《三国演义》尊刘贬曹,人所共知;《世说新语》因为文字和内容都好，大家就忘了其中对于曹氏，是很不公平的。全十《曹瞒传》，出自吴人之手，本亦谩骂文字。这种谩骂文字，近代以来，不绝于报刊。时至今日，还有浅薄无知之辈，打着各种漂亮幌子，借以大言欺世。而专家教授评说此文，感叹苍天湛湛，曹氏的历史真面目，于此暴露无遗，岂不是痴人说梦。

其实，这些年来，读诗词也好，读古文也好，读笔记小说也好，未读之前，先存了一肚子别人灌输的意见，理解上，多少会被人牵了鼻子走。这些成见，一张口，一动笔，不用过脑子，哗哗地流出来，底气甚足，以为是泰山不能移的定论。很久之后才明白，事情绝不是文学史上几百字几千字说得那么简单。诗词的赏析，本是个人想象和经验的产物，多年读选本，读名家赏析，大部分读者就这样丧失了阅读个性。而且太明确的分析，无疑剥夺了对作品继续解读的可能性。即使不能说剥夺，至少限制了新的解读。一句话，使读者丧失了直接理解原文的乐趣。

陶渊明说他好读书，不求甚解，这不求甚解，难道就是说，诸事之先，一本书，读罢原文，再去读那些序跋提要，再去读那些集解索引，或者，有的书，干脆忘掉所有附加内容，破门直入，面对面，不绕圈子，不管那圈子多么圆，多么好看。

三

一次次不得不扔书,心灰意冷。搬家两个月来,很少买书。因为买书少,心理不平衡,读书反而多一些。

鉴于搬移之难,今后将限制存书数量,不是非买不可的书,不买,特别想看的,买了读过,不留。买书以中国古籍为主,古籍中,又以唐以前的书为主,学术方面,则可直到民国。买原典。赏析本、详注本、六经注我本,尽量远之。而所谓图文本、珍藏本、尺寸怪异的精装本,一律谢绝。

一本书,十数万言,可取者如只有几句话、几个意思,得其意就好,并不一定要立即形成文字。有所启发,有所领悟,此后收益,自己知道。不敢肯定能记住的,做笔记。以前没有做笔记的习惯,以后不妨试着做做。钱钟书做笔记,除摘抄和评析,还详记出自某书某版某卷第几页,以后连缀成文,引证有据。我读书但求快意,若此严谨,恐难做到。

有关庄子的书,新得两本。释德清的《庄子内篇注》,系在潘泓兄处看到,知本地书店也有,去找,果然找到。此书当代注庄的,转引甚多,其实释德清的引申发挥,多牵强附会之言,见识不算很高。他的好处,主要在语言明白晓畅,而且从中可以一窥明人的习气。释德清另有《老子道德经解》,暂时没兴趣。

研究庄子的专家,有两位姓林。林云铭的《庄子因》,近代可能很风行。《红楼梦》中宝玉续庄,黛玉做诗讽刺他,说"作践南华《庄子因》",大概宝黛钗们都读过这本书。林希逸的《庄子口义》,以儒兼以禅解庄,慕名已久,而不可得。潘兄知我心意,网上觅得一本《庄子鬳斋口义校注》相赠,大喜过望,无限感怀。

对老子的书,相对不如对庄子那么感兴趣。老子陈义太高,我跟不上。谈权术和阴谋,我没兴趣。买了一本严遵的《老子指归》,实在是因为严君平这个人。他在成都卖卜,是诗人钟爱的典故。此书真伪仍有争议,且留着,待心情恰当时一读。

老子原文不过五千言,读一遍,不费工夫。然而注老的,都失之于繁,无限引申,演成一部大书,令读者望而生畏。近来读古籍,渐渐悟出一个没道理的道理。大部分书,先抛开注解,读原文。读过,觉得有必要深入计较的,再找好的注本,摆出做学问的架势,打阵地战、持久战。其实很多书,包括名著,草草读过原文,也足矣。

周作人的自编文集,止庵为河北教育出版社编定的,以前买过两种，一种是《知堂回想录》，另一种，不知转到何人手中，也忘了书名。书店再进一套，图书馆买了两种，我买了三种：《老虎桥杂诗》《鲁迅的故家》和《艺术与生活》。买《老虎桥杂诗》，是为了核对自己文章中的一句话：周作人狱中诗用了南冠楚囚的典故。查过，果然用了，说明记忆还可靠。但他只用过一次，可靠得有些险。买《艺术与生活》，是想看他谈日本诗。这方面，他是行家。

关于鲁迅的几本书，《鲁迅小说中的人物》，已为图书馆买去。

买《隋唐演义》，除了重温童年听说书的美好日子，还想看看书中对杨素有什么描写，结果没有。王学泰先生研究流民，《隋唐演义》也是重要的材料。

借书，原想把《鲁迅全集》全部搬回来，根据索引，找有趣的题目贯穿着读一读。但书太重，路远，搬不动，只借了两卷：华盖集、华盖集续编、而已集，还有书信集一。

重读杨绛和孙犁的散文。孙犁爱书，发自天性，无一丝杂念。有的书，他喜欢，但读不懂，他直言不讳。读不懂，还是喜欢。这种人物，世已罕见。

再读三曹的诗文集。曹操不去说了，曹丕实在很被低估，不公平。在诗的形式上，曹丕极富开创性。文学史上强调他七言诗的成就,他的杂言,大开大阖,说不定还是李白的先驱。曹丕之后,才有傅玄,才有鲍照。傅鲍二人,影响李白的歌行甚大。

读完《建安七子集》。《陆机集》快要读完。魏晋南北朝,再读十余家的集子,可以告一段落。鲁迅推荐书,这时期的文学,他推荐的是严可均和丁福保编的两部总集。暂时找不到书,正好偷懒。北朝的文字,还有佛经翻译,过去所读不多,是一大缺失。《洛阳伽蓝记》的文字,二十年后重读,依然心惊。

把馆藏汉三国晋南北朝文选若干种全部拿回,比照而读。高步瀛的一册,比较精当。明末小品,源出这一时期的书信和短文,但韵致远远不如,且多造作。南朝小品,吴钧等的几封信就不必说了,即如刘峻几行字的《送橘启》,萧方等谈年轻人生活理想的《散逸论》,乃至曹植几乎是陈词滥调的《释愁文》,和明人比,格调还是清雅。当然有辞藻的刻意,然而意思总是比较真切,态度总是比较自然。

2011 年 1 月

晨读一则

晨起读《孟子》数则。《告子下》："淳于髡曰：先名实者，为人也；后名实者，自为也。"朱熹注："名，声誉也；实，事功也。言以名实为先而为之者，是有志于救民也；以名实为后而不为者，是欲独善其身者也。"觉得以此对照和解释庄子《逍遥游》篇许由回答黄帝之"名者，实之宾也"，有助于更深的理解。孟庄同时，虽各处不同地域，而游士往来列国之间，造成一个普遍的语境，同时代人彼此出于赞同和反对的理解，较之我们今天，更接近作者的本意。淳于髡所说的自为者，朱子解释为独善其身者，亦即隐士一流。许由是隐士，庄子大概也是。他和孔子的不同，一入世一出世，截然分明。这是人所共知的。庄子和老子的不同，也是如此。老子讲阴谋，以退为进，后发制人，五千言中，除了崇高的道论，亦多经世之言，涉及兵法，重在权术。老

025

子的理想，实在作为帝王师。在这一点上，与孔子无异。如何为帝王师，则老孔有分别。老子只是要做精神导师，隐己而坐，或负手旁观。孔子讲事功，重实际，知不可为而为之。庄子则完全无意于做官，他也讲治天下之道，却又鼓吹无为。试想治天下者，其上有理想，求不朽，其下多贪欲，溺甘美，如何肯无为？若遇千古大政治家，更要以一己之意改造世界。这一套理论，实际上是行不通的。

庄老的区别，朱子说得直白："老子犹要做事在。庄子都不要做了，又却说道他会做，只是不肯做。"还说，"庄周是个大秀才，他都理会得，只是不把事做。"

庄孟同时而不相遇，书中也没有相互提到对方，对此，朱子的说法是："庄子当时也无人宗之，他只在僻处自说，然亦只是杨朱之学。"自居"僻处"，正合隐士的身份。僻处云云，是言之有据的。孟子和孔子一样，奔走于列国，推销自己的政治主张。庄子只是讲学著书，和朋友来往，以论辩为乐。关于他的个人生活，我们知之甚少，大概不至于如列子那样，严重到时有断米之忧。他讥笑惠子的相位，在自己眼里不过一只死老鼠，精神和物质上都有底气。朱子说："大抵楚地便多有此样差异的人物学问。"极是。道家、隐士、兵家，多出楚地，和齐鲁之地代表的北方文化不同。

同为独善其身,儒庄两家同中有异,一在相对,一在绝对。儒者进取,如果不得其时,只好退而归隐,要么颜回一样居陋巷,箪食瓢饮,不改其乐,要么如孔子所言,乘桴浮于海,甚至居九夷。这便是遁世无闷的精神。这种精神,很典型地体现于《易经》乾卦所说的龙。不同的爻位,相当于不同的时势。"飞龙在天,利见大人",这是兼济天下的机遇;"潜龙勿用",这是独善其身的处境。"龙德而隐者也,不易乎世,不成乎名,遁世无闷,不见是而无闷,乐则行之,忧则违之,确乎其不可拔,潜龙也。"儒家的独善,是情势下选择的结果。庄子的隐则不是这样,它是人生的根本态度,是一个一以贯之的行为取向。

庄子宁可"曳尾于泥中",出发点是"养性全生",这和杨朱的"贵生"相通。其思想来源,可推至列子那里。朱子说:"杨朱之学出于老子,盖是杨朱曾就老子学来,故庄列之书皆说杨朱。"又说:"列庄本杨朱之学,故其书多引其语。"按照朱子,孟子并非和庄子完全无关,因为杨朱出于老子,"孟子辟杨朱,便是辟庄老了"。不过,朱子断言庄列皆本杨朱,不够准确。这三家有共同的东西,列庄之间更亲密些。如果《列子》书中的《杨朱》篇可靠,则杨列之间也很亲密。但即便如此,庄子和杨朱,距离很大。杨朱的书不传，仅就所存的不多文字而论，杨朱贵生，和庄子相比，略显消极。他固然主张"损一毫利天下，不与也"。紧接着又很高傲地说："悉天下奉一身，不取也。"把老子的无为发挥到极致："人人不损一毫，人人不利天下，天下治矣。"这话的背后隐藏着作者的悲观，有时代的因素，也和他的个人气质相关。杨朱敏感而性情柔弱，所以才有悲歧路的故事。一直喜欢杨朱的这段话："古语有之：'生相怜，死相捐。'此语至矣。相怜之道，非唯情也。勤能使逸，饥能使饱，寒能使温，穷能使达也。相捐之道，非不相哀也。不含珠玉，不服文锦，不陈牺牲，不设明器也。"能说出这话的，乃是性情中人。

李白有诗："恻恻泣路歧，哀哀悲素丝。"说的是一杨一墨。杨墨都有悲世的情怀，庄子也有。但庄子的化解方法，是转而专注于对至高理想境界的无限追求。庄子的追求是形而上的，形而上很难说清楚，于是不得不打比方，用寓言。这一比方，便为后来的道教所利用，于是"姑射仙人冰雪姿"，以及白云帝乡之类的，都被坐实了。利用总是可笑复可怕的。乌托邦论者喜作荒唐无稽之谈，欲证来世之乐土者，控制人心最严。自以为或强迫他人相信自己占据了道德的制高点，自上而下，挡者披靡。期跂扈于永久，焉知指顾之间,威柄凌夷。这两个传统,或出于哲学,或出于宗教,一经结合,变成主义,被人利用,就有了乔治·奥威尔小说中的反乌托邦未来世界。《动物农庄》犹可说是讽刺苏俄,《1984》呢? 还是小小的一个莫斯科? 一个简单的东方?

先秦诸子,其间的关系,错综复杂,非一个"流"字,一个"派"字可以分别。师生之间有继承关系,也有旁枝别出,另辟蹊径的;异派之间,却能隔代相接;同出一源的,最后分道扬镳,肝胆楚越。荀子为儒家的集大成者,他的学生韩非,却是著名的法家。韩非的政治理论,尤其是远离荀子的部分,异代远溯,回到老子那里,而演进出刻酷一面,从而变本加厉。孔子曾受教于老子,其德行一科,为庄子的主要源头。庄子或出于七十二子之后学,却成为道家中仅次于老子的大师。庄子善辩,有名家风范,显然受到至友惠施的影响。尸子被归为杂家,但有一半是儒家,另一小半似是申韩一路。外篇的断简残篇若可靠,他还和阴阳五行家及神仙家脱不了干系。尹文子和宋铔,一被归为名家,一被归为小说家,他们和墨家没有直接的师生关系,但思想和行为几乎就是墨家,故王夫之说他们近墨,是不为"苦难之行"的墨者。

之所以关系这么复杂,盖因先秦诸子崇尚思想自由。

好人崇尚，不太好的人也崇尚。到战国末期，秦并天下，这种传统才被彻底破坏。崇尚思想自由，一切思想和社会规范的束缚都可打破。就师而学，未必表明必须无条件地，不经过思考地，盲目地遵奉其思想。世间一切学问，师其长，弃其短，为我所用，足矣。卓然独立之任何个人，宁可为他人之奴隶吗？哪怕是伟大思想者的奴隶？前人的思想积累，不应成为后人的局限，因为没有任何思想是绝对正确的，没有任何思想可以借助权力而一统天下。一切顺应自我，顺应时势。顺应自我，既包括认知上的提高，对理念的追求，也包括得实利的需要。毕竟在先秦的环境中，诸子中的很多人，是要周游四海向君主们自我推销的。因为这样的思想自由，一个学生，若与老师的观念相悖，不表明他就是背叛。学者千万，放眼其中，多是"得一察焉以自好"的曲士，成家者几人？成"家"在于立说。一个亦步亦趋无发展的好学生，哪怕门门课都是百分，顶多是一个附庸。道德的约束不在所谓"背叛"，道德的约束在于区分济世救民和助桀为虐。

孔子说，攻乎异端，斯害也已——不容忍与己不同的思想，是极大的危害。孔子的宽容，虽孟子亦不及，尽管孟子的尊民思想，比孔子更进步。孟子峻急，救世之心迫切，然而辟杨墨,指其无君无父,未免多事。墨子的兼爱,虽然终人类之绝灭,永不能实现,却闪耀着理想的光芒;杨朱的为己,在乱世,有他不得已的理由。

2012 年 5 月 19 日即兴

5 月 22 日改

北京两书店

西单图书城

每次回北京,一定去西单图书大厦。朋友笑我,那不是买书的地方。买书,要去三联和中华书局或商务印书馆的门市部,去海淀的风入松,以及其他私人开的专业书店。不过我去西单图书大厦,理由简单:交通方便,只要在市里乱转,一定有机会从它门前路过。路过或等人的时候,当然要进去看看。即使专门去,也能兼办其他事。常去的琉璃厂和报国寺,可以坐地铁到这里转车,甚至步行去。

西单图书大厦给人最深的印象,就是人多。书和人,满坑满谷,纯粹一个大集市,有点像喀什的巴扎。畅销书和推荐书专柜前,中学生和干部模样的外地人乱哄哄地挤作一团,仿佛在抢购储备过冬的大白菜。去年的重点书是有关奥运的,再前是汶川地震的,还有各种学习材料。

隔一两年回去一次,大略也能知道流行什么。长盛不衰的是名人传记,和教人怎么做人,怎么做女人,怎么做领导喜欢的好部下, 怎么投资理财和怎么在官场职场混的生活指南书。算命和养生越来越火,很多人靠敢于胡说发了财,立了万。这些书买回去,很多人是非常认真地照着做的。但我觉得奇怪的是,既然是千古流传的祛病延年的妙方,为什么每年都在变?为什么去年流行的今年就不流行了?这不和我小时候喝红茶菌差不多吗?比如刘太医什么的,《三联生活周刊》上终于说他是骗子了。其实一看他的书就知道太不靠谱:什么病都是鲤鱼汤和牛肉汤,世界上哪有这么简单的事?

店里人多,连哲学书书架前也不例外。我在这里,想找中华书局的《诸子集成》。以往虽种类不多但还有,今年却一本没看见。王利器的《文子疏义》,摆了好几年,喜欢那书,不喜欢压塑的封面,每次见,封面都是翘起的。猜想不同的版次中,应该有普通纸封面的。等到现在,终于连压塑面的也见不到了。汉译西学名著,永远是老掉牙的几种。国学热似乎降温了,谈孔说老之类的书大为减少,不成军团,但散兵游勇犹自不少。很多感觉不太像能在这类题目上下十年苦功的名作家,纷纷推出应用型的解说。书的尺寸一本大过一本，似在表示一种不容置疑的自信或权威。人名印得又粗又黑，似有照顾半失明者的慈悲心肠。借此促销手段，两千年前的古人大沾其光，仿佛王谢堂前的燕子，飞入百姓之家；没有畅销名流的解说，譬如鬼谷子之类，谁会买去看？

我在那里转的时候，注意到一个衣着落拓的老者，背书包，手里翻开一本书，正满脸渴望和热忱地对着一个中学生大讲特讲。我把几排书架看完，他还在那里，神情投入，完全无视周围的动静。

二楼几乎是中学生的天下。除了教材，西方文学名著如今还能吸引的也就是中学生了。但在出版社眼里，西方文学名著已经成为封闭的概念，几十年下来，总是那几部"老三篇"：托尔斯泰、巴尔扎克、《红与黑》、雨果、《钢铁是怎样炼成的》——各个出版社，有版权的，没有版权的，抢着印。一些小出版社偷了别人的译文改头换面的，或新译的，实在惨不忍睹。字体不是特大就是特小，不是扁的就是长的，就是不肯四四方方。页码有置于书页上方的，有挪到边上的，还有藏在花纹里，你不专心找一阵子决计看不到的。至于书页本身，有加线加框的，有染了颜色的，有故意向印象派学习，让你学会欣赏光线下的影子的。总之，就不让你看得舒服，要考验你的定力。看架子上一套套，一色的书脊，密密麻麻排了整格整格，令人有毛骨悚然之感，相信其中肯定有好东西，但在这种大阵势下，尚未交战已甘心举起白旗。

上海译文出版社的译文名著文库，虽然字稍小，印制朴素，还是比较喜欢，因为便于携带。当然，质量也有保证。买了一本《魔山》和《白衣女人》。前些天重新看过《月光宝石》，就想把《白衣女人》也复习一遍。柯林斯的两本书都是大学学英语时作为课外阅读材料读的，翻来覆去地读，不喜欢也喜欢了。

第一次路过西单，考虑到马上去见朋友，只取了四本书，另外两本是陈东飚等编译的《最高虚构笔记：史蒂文斯诗文集》和胡应麟的《少室山房笔丛》。

华莱士·史蒂文斯是值得赞赏的美国诗人，翻过他的诗，选修过和他有关的课。二十世纪美国诗人中，他绝对是顶尖的，比弗罗斯特好。单论创作，不计影响力，他不亚于庞德。每个爱诗的人都应该读读他的《星期天早晨》。

历代笔记向来是我所爱。中华书局那一套最好，其次是上海古籍的。早先的上海古籍版开本太小，字也小，纸质又差，像是口袋书，这是唯一的缺陷。中华版则版式大方,但内页排版不统一,有横排,有竖排,字号字体也不同。这次看到上海书店出版社推出了一套"历代笔记丛刊",估计也是为了赚钱搞的策划,既无注释,也无核校,只有简单的出版说明。看印刷,还行,先拿了《少室山房笔丛》。回去翻翻,错字似乎没有,以后就又拣了几种。

出门前回到哲学区,已是两个小时之后,有几本翻译的法国书,想再翻翻。转过中国哲学书架,上楼前看见的背包老者走过来说,看你对哲学很有兴趣啊?我说,没什么兴趣,随便翻翻。

他说,读过老子吗?

也算读过吧。

那么你知不知道,老子研究几千年,一直有一个盲点?

是吗?这倒不知道。

他说,你看啊,写老子的书的人多了去了,大家都是你抄我抄,不会抄的,抄错了,照样出,照样卖。我呢,自己做研究,把这个问题解决了。

旁边的架子上,正摆着新出的某名家谈老子的书。老者指了指说,像他,写小说的,懂什么老子,也敢出书?卖得还不错咧——都是胡说八道。

我说,那么你的发现是什么呢?

他说,你告诉我,道家的道,究竟什么意思?

这个嘛,要说知道,人人都知道,要讲清楚,那可费工夫了。

他说,关键是,研究的人都不注意这个问题,而我,总算把几千年的错误给纠正过来了。

我记得从前上海有位大无畏先生,写了一本关于庄子的书,也是号称两千年的庄子研究通通都是误读,唯他一人,拨乱反正,乃是真解。我想,这又是一个疯子。顿时不耐烦起来。打断他的开讲,说,你也不用给我讲了,老子注本上千种,基本问题还能有什么没解决的?根本就没有什么盲点。

他说,你看这些书——

不要看这些书,这些书没什么好看的,王弼的注你读过没有?

他说,王弼是谁?

我觉得好笑:王弼都没读,还好意思说研究老子?你先把他读了,再读读河上公,读读韩非子的两篇,读读《马王堆帛书·老子》,读读庄和列,有此基础,再去认真做研究,一定比他们强。

走出书店,坐在车上,想想刚才说话,太冲了,犯不着那么义愤填膺。那老者喜欢老子,读后有心得,自己印了书,希望有人欣赏,这种行为,多少是值得尊敬的。

回美前去五道口见朋友,之前有一个多小时,又去了一次西单。原来计划要找的书,一本也没找到,只能看见什么买什么。结果是:谢在杭的《五杂组》,一本《叔本华文选》,和社科院文研所的《唐诗选》。

后面这本书,值得一说。这是大学时的读本,除了《唐诗三百首》和沈德潜的《唐诗别裁》,那时是唯一的选择。上下两册,分量合适。过了这么多年,现当代人的选本中,还是这一本最好,有点不可思议。排除政治因素,这本《唐诗选》的选目和评注都非常好,选注者包括钱钟书、余冠英和马茂元。作者小传最见功力,尤其是小诗人的小传。当今的选本,我们只看小传那几百个字,就知道编选者肚子里有多少墨水。毕业时,收拾行囊,对于课本,深恶痛绝,打定主意一辈子不再打交道,结果把大部分课本都扔掉了,其实非常可惜,大多数都是好书。以前的那一套《唐诗选》亦在其列。人文社的新版把两册合为一册,封面也由绿色变为淡粉色。

图书大厦二楼中国现当代散文那一角,单独标出作家大名的作家专柜,只有两人,一位是余秋雨,另一位是台湾某氏。鲁迅、周作人和沈从文，都享受不到如此待遇，只能挤在作者群中探头探脑。不知道这是谁对谁的羞辱，或是换了一种尊敬的方式。上年来西单，情形已是如此，今年再去，依然如故。

曾有纽约图书馆采购人员和书店业者参观西单图书城，一进殿堂，瞠目结舌：这和他们心目中的书店情景相差太远了，书的生意居然也可以做得这么火，收款台前大排长龙，像圣诞节前的百货大楼。

在西单图书城，有一点我觉得有意思，就是那些坐在各个角落捧书而读的中学生。他们那么专注，在那么嘈杂的环境中，可以心无旁骛地读上半天。面对他们，那些炮制垃圾、出版垃圾的人，是否可以有点良心发现，或者说，从此可以"胆小"一些，别再糟蹋我们的文化遗产，以此误导和戕害我们的下一代呢？

三联书店

几次约人吃饭都在三联韬奋书店旁边的娃哈哈大酒楼，还有一次被吃素的朋友带去吃素餐，也在附近的巷子里。饭前饭后，正好去逛书店。几小时，几十分钟，都好。最匆忙的一次，只有二十分钟，仍然跑到楼下抓了四本书：邓广铭的《王安石》,托马斯·曼的《绿蒂在魏玛》和社科院文研所的《唐代文学史》两册。前些日子读了一阵子王安石的诗,就想读他的传记,可惜邓先生的这部名作篇幅短了些,看了不解气。我没有资格评论邓先生的著作,只是想对王安石更多一些了解。关于王诗,王安石的性情,他的生活故事,他的兄弟姐妹和子女,书中很少涉及,而这正是我特别感兴趣的。十八九岁时喜欢拿破仑,每读其传记,总是略过最后几章,不忍看他失败。读王传,有些章节也只草草一翻,出自同样的心情。唐诗有李杜,宋诗当然就是苏王了。因为政治偏见而不肯认真读王诗的人,历代都有。不读无所谓,但他们又爱发议论,结果,诗话里头评价王安石,说胡话的就特别多,譬如袁枚。袁枚不是不懂诗,是成见太深。

曾有出版社鼓励写一本唐诗的书,当时一兴奋,答应了,回去慢慢做准备。以往觉得,对唐诗还是有些心得的,不料刚铺开摊子,心里顿时空空落落,处处都陌生,处处都缺斤少两。于是列书单,决心补课。几年里,先是回头补习南北朝诗,再往后去看元人怎么学唐诗,明人怎么评选唐诗,为了杜诗和江西派,又去练习写七律。补漏洞的结果,常常不是把洞补上了,而是越捅越大。书,一时半刻肯定是不敢写了，但资料还尽量收。在洛阳，去席殊书屋，也只买了一套傅璇琮主编的《唐才子传校笺》。

韬奋书店的谐音实在不容易出口，打的时司机听到这名字就笑，以后就改说去美术馆了。第一次去，足足泡了半天，又去楼上喝了杯茶，临走时取了一本《钱谦益诗选》，预备在去良乡的长途公交上看。老钱的诗，学问大，才力足，技巧一流，使事用典，寻常人不是他的对手。然而读他的诗，不免枯燥，原因是不真，太多做戏的成分。如果不做戏，他的诗就特别好，如"西湖组诗"中的"而今纵会空王法，知是前尘也断肠"。

三联书店的书够多，但要找自己需要的书，还是十有八九找不到。中国古典文学、中国史、外国文学、哲学、艺术这几个门类，架上陈列的，依然以大路货为主。和西单图书城不同的大路货，或者说，严肃图书的大路货。出版社都爱出丛书，抓个题目，便是文库，但好的丛书凤毛麟角。有能力编一套学术丛书的人，全国想来也不多，偏偏大家都要编。看到书架上大量的"文库"，真替书店的宝贵空间觉得不值。

8月12日最后一次去娃哈哈，想到不久就要动身回纽约，没机会再来了，不免多选了几本书，也不知带回去会不会读:狄尔泰的《体验与诗》,阿伦特编的《本雅明文选》,中学生文库版《万历十五年》(拿去给人看装帧设计用的),以及陈星灿先生的《中国史前考古学史研究》等。之后去附近的中华书局读者服务部,张辉兄说那儿正在打折,机会难得。历代笔记部分,很多书五五折。一些不太出名的明清人的笔记,其实很可以收一收,但想到搬运的艰难,只好忍住,只买了赵翼的《陔余丛考》和王楙的《野客丛书》。店内其他书,一律七五折,以我的兴头,要挑的书得用小车推。但狗熊掰棒子似的拿起又放下,结果只买了《唐语林校证》、王夫之的《老子衍 庄子通 庄子解》和段洪刚的《中国铜元谱》。

中午吃饭时,华侨出版社的高文喆送了两本她责编的拉美和西班牙作品选集,《镜中的孤独迷宫》和《纸上的伊比利亚》,主编和主要翻译者是赵振江先生的学生范晔。这两本书有点意思,收了一些一般书中不太收的小名家的作品,诗和小说都有,予人新鲜和惊奇的感觉。拉美那一册尤其好。奥拉西奥·基罗加的《脑膜炎及其影子》,以前在中青社的《拉丁美洲短篇小说选》里读过,已经淡忘,二十年后重读,依然觉得可喜。

从书店出来,和张辉兄一起喝咖啡。看他痛快淋漓地挑书,集中主题深挖,极为羡慕。因为我挑选的,都是基本读本。没办法,这么多年了,连这些必备的资料还没收齐,哪里敢说做学问。说深读经典,说读常见书,也是无可奈何。

张辉兄让我一定去海淀的万圣书园看看,隆福寺里的中国书店也是比较好的,可惜一点时间也没有了。

上次回国带的书太多,随身不便,干脆海运了一箱子,运费不贵,一个多月就到,就是摔得厉害,书角都折了。书品不好令人难受,毕竟是常常捧在手头的东西,所以海运是不敢了。出版社出书,装帧和印刷漂亮,装订和校对则不如以前,包括大出版社在内,错页时有。前些年带回的上海古籍版《玉溪生诗集笺注》,下册倒装重页五十多页。这次人文的《唐诗选》,也折损了多页。至于错字,更不必说,中华书局的《钱谦益诗选》居然也有错字。这种错,一般不容易看出来,辗转相引,贻害无穷。

不熟悉的出版社的古籍,如今轻易不敢买,只认中华书局和上海古籍,加上人民文学这三家。曾经买过几本一时找不到更好版本的笔记小说,包括段成式的《酉阳杂俎》,没有注释也罢了,本文错字频出,多到无法卒读。我碰巧借阅过中国社会科学出版社的一部《王安石传》,书写得本不好,加上每页必有的大量错字,令人哭笑不得。《容斋随笔》在书里,一会儿是《容齐随笔》,一会儿是《客斋随笔》,幸亏这是常见书,否则,却哪里去查找。

如何买到想要的书?张辉兄说,上网买。绝版的,可以去旧书网。找到某一本,找国内的朋友,让他代收。攒多了,回国时一块带走。

这还是太麻烦人啊。其实现在我也想通了。书,万里挑一,不乏好书。世上好书读不完,那么,就像人和人之间的缘分一样,遇到什么书,那就读什么书吧。多年前,购藏古典音乐CD,遇到同样的问题,我早这么想过。那时我对朋友说,我不怕古典音乐演奏和出版业衰落或衰亡,纵使它自今天起一张唱片不出,过去出版的那些,尽够我听一辈子了。

2009年8月

我喜欢的人和书

　　李白、鲁迅、庄子,是对我一生影响最大的人。十几岁时读到的作家,李白和鲁迅是深入灵魂的,可以说,是他们塑造了我的"世界观"。在上大学之前,我能见到的寥寥几本古诗词书,不过《唐诗三百首》《古诗源》《千家诗》《宋诗一百首》和《李白诗选》,其中后三本,基本上都背下来了。我是带着李白走进武汉大学的。鲁迅读得很早,中小学课本里有,学校图书馆有,我父亲的藏书里也有,但我所读虽多,理解却肤浅。好在牢记在心里,就像过去小孩子囫囵吞枣背熟了四书,当时不懂,随着长大成人,不时反刍,逐步吸收,受用终生。大学时读到庄子,是"古代汉语"课上的几篇,《逍遥游》《养生主》《秋水》《胠箧》,顿时觉得心心相印,如逢故人。我那时没有想到,李白和鲁迅,其实早已替我打下了庄子的基础。李白做人有傲气,有出世的气度,他也教人以一种宏大的气魄亲近山水鱼鸟。鲁迅批评性地审视历史,不盲从,不迷信,敢于怀疑,以平等眼光看待人物,包括自己最崇敬和最喜爱的人物。事实上,最诚挚的尊敬和热爱必须建立在平等的基础上,否则,不仅丧失自我,也亵渎了那些被崇敬和热爱者。没有平等便没有交流,因此不可能有继承和发展。

大学时代喜欢上更多的人,特别是王维和歌德,接触到大量近现代作家和西方作家,其中苏轼、何其芳、戴望舒、瓦雷里、波德莱尔、叶芝、艾略特、姜夔、董说、梅特林克、斯特林堡,都是我喜爱的。王孟韦柳,山水田园四大家,不知为何独独对王维有兴趣,周游于学校两大文科图书馆,搜罗他的作品。孟浩然太热,韦柳过冷,那时候都不能很好理解。王维适中,加上他身上佛学的光彩,一下子就进去了。多年之后回想,王维其人,始终模糊,不像李白、杜甫、韩愈、李商隐等等,有那么鲜明的性格在眼前,仿佛熟悉了他们的谈吐举止,甚至他们的长相。但王维,一个内向且寂寞的人?一个惯于与三两知己往来而从不凑热闹的人?还是一个有着贵公子的傲慢或矜持的人?真是一点都不知道。至于歌德,那得感谢郭沫若,是他翻译的《浮士德》和《沫若译诗集》里的几首诗,把歌德像杯酒一样端到我们面前。还有他对《少年维特之烦恼》的介绍。由于这种缘分,后来的各种《浮士德》译本,都无法代替郭译的地位,尽管我已经几十年没再读到了——因为手头和周边的图书馆都没有这本书。

北京五年,最大的阅读收获是博尔赫斯和卡夫卡,沈从文和周作人,那时还很喜欢毛姆和格林,以及爱伦·坡和尤金·奥尼尔。

中年以后,杜甫、李商隐、韩愈、王安石、苏轼和黄庭坚的集子成为常在手边的书,同样情形的西方作家则有普鲁斯特和里尔克。喜欢读全集,读全套的书。《全唐诗》、《太平广记》《鲁迅全集》,算是不离不弃了。一如既往地喜欢自魏晋到清末民初的笔记。钱钟书的《管锥编》是最常读的古典文学研究书籍。《文选》一直没买到好的本子,尽管通过其他途径读了不少。知道自己的知识结构有缺陷,好奇心与日俱增,因此便追补先秦诸子、古希腊文学和哲学,乐在其中。《天方夜谭》过些年便重温一次,就像对待《聊斋志异》。

从个人兴趣来说,我最爱读的中国小说是《西游记》、《唐人传奇》《聊斋志异》《水浒》和《醒世姻缘传》,还有篇幅不长却才华横溢、机智百出的《西游补》。西方的小说是

《追忆似水年华》，契诃夫，和前面提到的博尔赫斯和卡夫卡的作品。我喜欢幻想型的、灵气十足的作家，他们既给人启示，也使阅读成为愉快的过程。布尔加科夫是一个好例子。

先秦诸子和史书以及其他书籍中不乏最伟大和可爱的文学作品，比如《列子》、《史记》、《汉书》、《世说新语》、《五灯会元》和一些古代的旅行记。

每一本好书使人成长和丰富，但建构了一个人的精神骨干的书则有限。我在青少年时期被灌输了那么无聊的文字垃圾，但由于李白和鲁迅，它们不如风中的一缕污尘。我只是可惜我们那一代人，花费了那么多时间在注定要被淘汰的毫无价值之物上面：背诵，默写，应付考试。同样的时间，像四书五经、唐诗宋词，那些本来在孩童时期就该通盘掌握的文化经典，我们也可以自小牢记，用不着一辈子都不得不一一补课。

2011 年

暑日乐事

　　前几日在古钱币网站发帖，回忆集币十几年来的"捡漏"故事，整理图片，从两枚龟鹤齐寿大花钱开始。将手头所有的清代及近代的钱币学著作翻阅一遍，拣出几条资料。连类所及，又读到一些古人的相关诗文。事毕，想起鲁迅兄弟都很喜爱这枚宋代的吉语钱，日记书信里多有提及。而我对于此钱，也是大有缘分。因此翻查了几本书，写成《周氏兄弟与龟鹤齐寿大钱》。

　　手头周氏兄弟的书不少，《知堂回想录》中，资料尤其丰富。从楼下书库，又借来朱正先生的《一个人的呐喊》和曹聚仁的《鲁迅评传》等。龟鹤一文轻轻松松地写出来，却又从阅读中发现很多细枝末节的问题，如果一一追个水落石出，也是很有意思的。

　　这就想到萧红《回忆鲁迅先生》一文提到的，鲁迅在病床上爱不离手的一张前苏联彩色木刻画。关于这幅画,由于萧红的文章,谈论和提及的文章很有一些,不过就我读到的,全是望文生义,其结论虽然颇具哲理,言之凿凿,可惜只是向壁虚构。

《红楼梦》的研究和考证,历来鬼力乱神者甚多,媒体造势,大众追捧,遂有甚嚣尘上之势,真正严肃的学术,反而不被重视。鲁学方面,人云亦云,以讹传讹的也多。别有用心地贬低和拔高,至今不能杜绝。然而做学问,肯认真读原著的不多,造大文,出新论,扶摇直上,动辄谈哲学思想,说精神境界。根基若无,大厦安放。

孙郁先生著有《鲁迅藏画录》,其中有很多以前不知道的资料。周末去中文书最多的法拉盛图书分馆,借到以下各书:

朱正等:《鲁迅史料考证》;

《永在的温情——文化名人忆鲁迅》;

《孙氏兄弟谈鲁迅》;

《在老虎尾巴的鲁迅先生——许钦文忆鲁迅全编》;

《海外回响——国际友人忆鲁迅》;

许广平:《鲁迅回忆录》;

朱正:《鲁迅图传》;

萧红:《感情碎片》(文选);

新版《鲁迅全集》数册。

还有一些通俗著作,如蔡登山的《鲁迅爱过的人》,周海婴的《鲁迅与我七十年》,就在图书馆大略翻了翻。《鲁迅堂叔周冠五回忆鲁迅全编》馆藏书中是有的,但架上找不到,很遗憾。另外,和鲁迅有过来往的一些女性,如许羡苏俞芳等,也有回忆文字,图书馆没有,只好留待回国寻找了。女性的回忆,会有不同的视点,在生活细节上,最能提供别处没有的资料。

一个多星期里天天读这些书,感觉还是许寿裳、孙伏园、许钦文这些当年的老朋友和学生写得最好。萧红、高长虹、曹白等,虽然留下的文字不多,却都写得真切,是贴近人物来写的。这些书读完,关注点在一件事上,收获极大,自以为对鲁迅先生在某些事情上,在某个时期的心情,是能够理解的,虽然说出来并不一定有明确的,可以在法庭上得到采用的证据,但距离真相,虽不中亦不远。

于是作《鲁迅和风中女人图》一文。

许杰在一篇文章中提到,鲁迅《唐宋传奇集》的序言,结尾加"时大夜弥天,璧月澄照,饕蚊遥叹,余在广州"那一段话,人所共知是讽刺高长虹的。但石一歌在"文革"后期的文章中，说鲁迅这是表达了在国民党黑暗统治中自己坚持斗争的决心。所谓大夜，所谓黑暗，是借用高长虹的比喻，正是鲁迅自己。因为高长虹是把自己比作太阳，把许广平比作月亮的。最后很"不幸"的，月亮没有投入太阳的怀抱，却被黑暗吞噬了。

类似石一歌的文章，今天不仅没有消失，反而更多了，而且知识的欠缺，曲解的不择手段，较之石一歌更有过之。当然，这里说的并不是有关鲁迅研究的文章。

常觉得写读书随笔一类的文章，很大的乐趣，在抽丝剥茧，由一个很小的细节，去推知人物的内心世界。这一细微的阅读和分析过程，与侦探小说中的推理破案毫无二致。有时候，是凭直觉先有了一个假设的结论，以后去发现证据，加以证明；有时候，是莫名所以，心中好奇，于是四方冥搜，给自己一个答案。不管是哪一种情况，阅读好比侦探的实地查访，只要不辞辛苦，总有所得。即便答案与早先所想不同，快乐是同样的。

2011 年 7 月 11 日

怕 死

读《华盖集续编》，读到这几句话："时间永是流逝，街市依旧太平，有限的几个生命——至少，也当浸渍了亲族，师友，爱人的心，纵使时光流逝，洗成绯红，也会在微漠的悲哀中永存微笑的和蔼的旧影。陶潜说过，'亲戚或余悲，他人亦已歌，死去何所道，托体同山阿。'倘能如此，这也就够了。"非常荒唐的，在略有感慨之余，忽然欣赏起鲁迅先生的语言之美来了。鲁迅引用陶渊明诗，似乎是想涂抹一点豁达的色彩，实际的意思是不能豁达也不允许豁达。在具体情景下，陶诗的豁达太轻，而且近乎麻醉了。

好多文字都是这样的。

即如这里的陶诗，他说死算不得一回事，肉体化为尘土，混同于山丘，有返璞归真之意，其实还是不甘心。"亲戚或余悲，他人亦已歌"，就是牢骚话。宋人把这个意思演绎成一首有名的七律，中间两联是："日暮狐狸眠冢上，夜归儿女笑灯前。人生有酒须当醉，一滴何曾到九泉。"感叹人情的浇薄，归结到对酒当歌上。这当然也是豁达，却是被逼无奈的。就像一生节俭的富翁看见儿子挥金如土，一时气恼绝望，中午也狠心割一块肉，过过败家的瘾，但你不能指望他从此就天天花天酒地了。

鲁迅在《魏晋风度及文章与药及酒之关系》中说陶潜："由此可知陶潜总不能超于尘世，而且，于朝政还是留心，也不能忘掉'死'，这是他诗文中时时提起的。用别一种看法研究起来，恐怕也会成一个和旧说不同的人物罢。"

陶潜诗文谈到死的地方特别多，说明死是他的一个心结。《鲁迅全集》此处的注里举了两例：《乙酉岁九月九日》中的"万化相寻绎，人生岂不劳。从古皆有没，念之心中焦。"《与子俨等疏》中的"天地赋命，生必有死；自古圣贤，谁能独免"。第一例说明他对于死亡是很苦恼的，只好借酒浇愁。第二例承认死亡在所难免，轻视之后，仍有无奈，没有庄子那种"夫大块劳我以生，佚我以老，息我以死，故善吾生者，乃所以善吾死也"的超脱。

陶渊明出入佛道，本质上还是以儒家思想为根基，述祖责子，想的都是生命的传承。他当然是有事业心的，希望像曾祖父陶侃那样青史留名。古人长寿者少,要做事业,活得长是个重要的条件。曹操一辈子感叹人生有限,假如求仙和炼丹能给他一丝希望,相信他也会像秦皇汉武一样痴迷。不过曹操之求长寿,不在贪图享受,而是因为大业未竟,心有遗憾。所以他的遗令,尽管极其通达,读之却令人感慨万千,就是因为通达中包含着惋叹。这一点,和陶渊明的情形相似。相似者多,说明正是人之常情,虽雄才大略,志向高远,亦不能免。

年轻时读《挽歌》其三,觉得异常悲凉,对应文学史书上说的"飘逸"和"静穆",格格不入:"荒草何茫茫,白杨亦萧萧。严霜九月中,送我出远郊。四面无人居,高坟正嶕峣。马为仰天鸣,风为自萧条。幽室一已闭,千年不复朝。千年不复朝,贤达无奈何。"读到这几句,便觉得《挽歌》第一首所说的"有生必有死,早终非命促"言不由衷,或者也不是言不由衷,不过欲以自遣罢了。

朱子很早就翻过陶渊明的案,说陶并非散淡的人,金刚怒目的一面,从《读山海经》中可以看出。杜甫也看出了他的"放不下",在《遣兴》中说:"陶潜避俗翁,未必能达道。观其著诗集,颇亦恨枯槁。"鲁迅先生在演讲中指出,陶渊明对于生死,并不豁达。这个案,比朱子翻得还要深。一般人总以为怕死是丢脸的事,轻生才算英雄,实在大误。除了别有用心的野心家希望愚民为他卖命，夺王位，抢地盘,故而鼓吹牺牲为光荣之外,古今中外的先哲,哪有怂恿人去死的?

2013 年 6 月

徐梵澄

　　扬之水日记中有关徐梵澄的部分,单独抽出来,和陆灏的一篇文章一起,汇为一本小书,叫作《梵澄先生》。这书字数不多,上班路上一个来回,加上午休,就读完了。我注意的是和鲁迅先生有关的段落。他说鲁迅有"大大的风云之气",又说鲁迅为人厚道。举例说,有一次两人正在谈话,保姆抱着周海婴在一边玩。鲁迅因为孩子感冒,怕传染给客人,就很严厉地哼一声,让把孩子抱走。因为尊敬和热爱鲁迅,徐梵澄从不谈论周作人——后来谈了,是"很看不起"。他对许广平印象不好,扬之水记他的话,大概有所顾忌而作了剪裁,不太看得明白了:"说起与许广平的一页不愉快,他说,每次去见鲁迅,谈话时,许广平总是离开的,'我们谈的,她不懂。'关于抄稿子的事,他说:'原以为鲁迅有几个小喽啰,没想到一个也没有,却是让许广平来抄,她便生气了。'"

　　徐梵澄回忆鲁迅的文章《星花旧影》，收入《鲁迅研究》。《鲁迅研究》上并附有他抄给鲁迅看的几首诗。扬之水说："当年墨迹的复印件也让我们看了。文字纯净而有味，诗有魏晋之风，书似见唐人写经之气韵。"扬书有墨迹的图片，她说有魏晋风的那一首是："蝉声曳杨柳，清池蔼芙蕖。虫响露中促，新月雁影初。于此悟时易，倏忽伤三余。非为逃空虚，寂寞行迹疏……"

　　《星花旧影》中提到鲁迅读其诗后的回信片断："兄诗甚佳,比前有进,想是学汉魏,于渊明却不像。不佞所好,则卑卑在李唐……必再阅历四十年，慢慢喝下酒去而不吃辣椒,庶几于渊明有些像了……"说吃辣椒,是因为湖南人的缘故。徐梵澄说："似乎先生对湖南人颇有好感,总说湖南人爱吃辣椒,脾气躁。"回看自己的诗作,他说："至今阅历已不止四十年,这期间有三十几年滴酒未饮,中间也偶做旧诗。那是少年时代漫然夸口罢了,即令自视存稿,陶渊明诗的影子尚且未曾望到。未曾专意为诗,也是事实。又常吃辣椒,想来也是一原因了。"

　　徐梵澄终身未婚,住一套三居室的房子,饮食起居自己料理。扬之水说,徐在"昆明有两侄辈,曾表示要来这里侍奉晚年。不料来了之后,不但不能帮忙,反添了数不清的麻烦,只好'恭请自便',又回到昆明去了"。

1948 年到 1978 年,徐梵澄在印度待了三十年。第一次到访,扬之水问他:"印度好吗?"答曰:"不好。在印度有一句话,说是印度只有三种人:圣人,小偷,骗子。"他在送给扬的书上题的字是孔子的话:"圣则吾不能,我学不倦而教不厌也。"

他是研究哲学的,翻译《五十奥义书》和《苏鲁支语录》,译文用古文,不是很通畅,有食古不化的毛病,多少影响了书的流传。相比之下,他的白话文很好。《星花旧影》的思路,大得所译这两本书的神韵,有云龙见首不见尾的感觉。写得空灵飘忽,但风格是不错的。他喜欢旧诗,然就扬之水所抄录的几首来看,功力还是稍浅,大约正是他说的,"未曾专意"。扬之水觉得"很有韵味"的"落花轻拍肩,独行悄已觉",也只是小巧而已,仿佛是自"倾耳无希声,在目皓已洁"变化来的。

再看"蝉声曳杨柳"一首,扬之水说有魏晋之风,大概是就五古的形式而言的。这首诗无论文字还是格调,假如说有一个范本,而且模拟得近似,那显然是唐诗,更具体地说,有点像孟浩然。即使挑出"清池蔼芙蕖"这样的句子,也到不了魏晋,顶多有南朝宋以后诗的影子。鲁迅说他学汉魏,不像陶诗,说得准确。

他告诉扬之水,学诗先从汉魏六朝学起,再初唐、盛唐、中唐、晚唐,"追摹杜工部、玉溪生可矣"。这路子有点奇怪——不是说不对——我个人的感觉,学做旧诗,还是从唐宋入手,从近体诗入手更简单。一般人总以为古体诗"没有格律",就可以随便写。其实正相反。近体诗有个模子,容易照葫芦画瓢。古体诗空空茫茫,没有多年写旧诗的功底,不容易写好。

鲁迅说"卑卑在李唐",卑卑有奋勉的意思。徐先生说:"鲁迅所说'不佞所好,则卑卑在李唐',是一谦逊之词,其实唐诗何尝是卑。先生于唐诗的研究是很深广的。"好像以为是低卑之意,如是,就误解了。

2013 年 7 月 1 日

避 讳

中国的避讳种类奇多,我随便算了算,少说也有一千种。这每一种里一个最小的分支,如果以哈佛大学文学院的专业标准来衡量,都够做一本博士论文。将来学问做尽,无可研究,避讳可是一个未开采过的富矿,能解决人文学科教授未来几百年的就业问题。

古书上有这样一段话:"不敢说,可不敢说,非常不敢说。"够古怪的吧。一旦说明来历,他一点也不古怪。这是老子《道德经》著名的开头:"道可道,非常道。"五代时候有位著名的大臣,名叫冯道。虽在乱世,小日子仍然过得幸福无比,因此自号"长乐老"。长乐老既然官阶特别大,名字自然不能乱叫,家里人也不例外。比如出门,不能说走道,只能说走路;划出道来比试比试,只能说划出线来比试比试。这都还行,比较麻烦的是"道德",儒家讲修身,这个词万万离不了。怎么办？老人家说了，叫"操德"。

冯道大人的儿子开始读书了，读完圣经，读不那么圣的经，就读到了《道德经》。教书的门客不敢提"道"字，儿子更不敢，于是《道德经》的开篇就成了"非常不敢说"。据说冯道自己经过儿子的书房，听到这段话，发了半天愣，不明白儿子在学什么。直到后面念出"名可名，非常名"，才恍然大悟。

《红楼梦》里贾雨村教林黛玉读书，发现她每写"敏"字，总是缺一笔，少了最后那条斜腿，读到这个字的时候，不念 min，念 mi。怎么回事呢？原来黛妈妈名字叫贾敏，黛玉也是在避讳。

唐朝是空前开放的时代，社会宽容，思想自由，外地进京的小村长，就敢站在船头高唱当今皇帝的小名儿"三郎"。唐人意气风发，无限潇洒。可是有一点，往死里讲究门第。门第越高的人，越讲究避讳。李贺因为父亲名字里有个"晋"字而不能中进士，这是人们熟知的，连韩愈出面写文章为他辩护都不行。其实这还只是同音，并不同字。假如一个人名叫富贵，他既不能经商发财，也不能考状元做官，还不如叫"困穷"呢。

晚唐名相李德裕出身最高门第五大姓之一的赵郡李

氏,他的父亲李吉甫也是宰相。德裕规矩多,父亲名字里的那两个字,就像永远不愈合的创口,谁都碰不得的。有一次,一个姓周的下属求见,德裕不见。不仅不见,还很生气。因为此人姓周。周和吉甫有关系吗?幕僚们不解。当然有。周字里头不是有个吉吗?不仅有,还用个大罩子把"吉"字扣得紧紧的,硬是不让出头。如果有人名叫周倜,那还不是讨死?我想啊,幸亏杜甫和这位德裕大人不同时。杜甫自述,他在长安时,为了生计,"朝扣富儿门,暮随肥马尘"。整天瞅机会到高干富二代和终南山的炭老板家里打秋风。要是不小心叩门叩到李家,就凭这个"甫"字,还不被乱棒打出?

历代都有统治者不高兴听的事,一个办法,就是不让人说。据说秦始皇坚信,不说,那事就不存在了。可能是方士们这么跟他讲的,因为他们认为文字有神奇的力量。秦始皇是始皇,也是始信,焚书就是要灭掉从前的一切历史,让时间从自己这里开始。书烧了,效果似乎还不错,后来的皇帝都觉得可以效仿,虽然嘴上说那是暴政。历朝之中,清的忌讳特别多,因为异族入主中原,做人也难,凡"虏""胡"一类的字都忌讳。对犯忌的书籍,客气点的,换字。我忘了是汉朝还是什么朝,"庄"字犯圣上大名的忌,姓庄的改姓严。"可"字犯忌,一个叫"尚可"的人,被人称作"河无水",后来讹传,变成"何五水",姓何了。不客气的处理方法,则是烧灭。禁书的时候,书多人少,检察官没时间细看,就专在书里找这些字,找着一个,格杀勿论。据说杜牧的诗集因此差点失传,幸亏一个乡下的杜牧粉丝硬把《樊川文集》藏在鸡窝里保存下来了。杜牧诗中有一句:"金河秋半虏弦开",本是说大雁的。检察官看到"虏",不管三七二十一,把杜集禁了,还准备通缉杜牧。这事要是早点报告到乾隆皇帝那里,就不会闹出这么个乱子。乾隆小时候在宫里受教育,最爱抄杜牧的诗,因为不像李商隐那么绕弯子难懂。你知道,好多事的实际情形都是,上头有旨意,只说搞一搞,没说搞那么深,那么凶,可是底下的人层层发挥,层层加码,到最后,匪夷所思,乱了。如果不是皇上出面干预,《论语》也要禁,那里面也有违禁之言:"夷狄之有君。"乖乖,夷狄!

换字带来的文化产业,是索隐学。当下的大白话照理是无须加注的,但不,因为大家都绕了圈子。时代一变,忌讳跟着变,后人无注便看不懂。我听说哥伦比亚大学的东亚语言系正在编禁忌和转换语大辞典,如果他们肯不耻上问,我倒愿意屈尊俯就,给他们补充几个词条。比如刚从郭德刚相声里听来的"花猫一体"(某种二合一的菜肴或同时并举的事物和影像),还有从"一明治"到"十明治"的套餐。

　　前些年给小孩起名字,流行去《康熙字典》里找大家都不认识的字,认为这样很牛。下一辈子,我要抱着甲骨文全书,找两个最古怪的字给自己当名字。万一后人又发起神经讲避讳,希望不会因名字影响到他们的正常生活。此外,我也不愿意自己的名字因为禁忌被人卸掉一只胳膊或砍掉一条腿。或像有过的先例,明明姓李,搞成十八子;姓董,搞成千里草;更不堪的,姓王,不说王,非说三横一竖。

2012 年 2 月 2 日

缘 分

接连几个夜晚,灯下盘点一年里新得的古钱,剔锈,除尘,水煮消毒。当然,还要查对图谱,看能否意外找出一些少见的版别。多年来一直在收藏圈子外徘徊,无力深入,故而所得有限,自得其乐而已。今年的收获尤其少,谈得上珍稀的,只有一枚样币。除了自己不上心,也和中国古玩大量回流有关。国内来的"寻宝团",购买态势凶猛,所到之处,如风卷落叶,弄得美国人都警觉了:凡有中国字的,都是宝贝。

和北卡罗来纳州的老古玩商鲍伯·莱斯打交道十多年了,一个性情开朗的绅士。他的存货里,有三枚崇祯小钱,一枚背"太平",一枚背"旨奉",一枚跑马,都是常见的品种,品相不错,因嫌其价高,没买,这次决定都买回来。

崇祯钱背后有各种各样的字,地名、干支、记值,以及符号。两个字的，种类不多，"太平"，"旨奉"（也许是奉旨，刻模时排反了），念起来怪有意思的。至于跑马，那就大名鼎鼎啦。不明白铸钱的官员怎么会想出这个主意，铸一匹小马在钱背穿孔的下方作跑步的样子。崇祯为人刻板，不是喜欢别出心裁的人。明钱历来的符号，多是星月。这匹马来得奇怪。钱铸出后不久就有几种传说。一种说法是，一马进门，是为"闯"字，崇祯果然死在李自成手上；另一种说法，南明出了个马士英，一马乱天下，也是个坏事的家伙。

九月初，西雅图的老钱商西蒙斯先生整批买到新泽西一位收藏家的藏品，分批贴到他的网页上出售。我一看，就知道有人又当了冤大头。全是些似是而非的东西，破烂得不成样子，却枚枚高价。来源呢，据说是星港的两位先生。一直不明白，为什么接触过的新加坡人那么爱卖假货。现在，既然没本事明辨是非，只好敬而远之。这批货，我凑热闹，捡了两枚普通品，但都是出自美国本土商家的。

从莱斯那里购进的好东西，是一枚湖北省光绪机制方孔钱的样币。光绪末年，引进西方技术，一改传统的翻砂浇铸方法，用机器打造钱币。湖北的造币厂在武昌，钱币背面用满文"宝武"二字。当时的模具请美国雕刻，有两个版式，一种字体较大，称大字版，另一种字体较小，称小字版。中方审定,选了大字版,广为发行。小字版未被采用,只有美方打制的若干枚样品留下来,这就是著名的宝武小字样币。

有玩家说,宝武小字样币存世不超过五枚,不知确切与否。我在纽约,近水楼台,见过三枚,其中一枚送到北京拍卖了,还有一枚,就是这次所得的。加上听说过的,或许不止五枚。但无论如何,稀罕是肯定稀罕的。造币厂的样币,怎么也不能成千上万吧。

中国集藏古钱币的,据说人数在百万以上,有一定资历和实力的,数以百计。一枚存世只有几枚的钱币,经过百年沧桑,辗转于世界各地,最后流落到某人之手,要经过多少环节,是多么难得的缘分。

但这并不是说,拥有一枚珍品是多么了不起的事。事实上,中国历史长,地域广,古钱种类繁多,存世以枚计的稀罕宝贝,怕也有几千或上万种。这样,不计品种,就总量而言,所谓珍稀钱币,其实是有几万枚的。一个真心喜好而不断寻觅的人,得到几枚,不像想象得那么难。

不错,得到一枚珍稀钱币不难。可是,要得到特定的一枚,得到你正想要的那一枚,却有如登天。有钱,容易些,机会多些,但能不能到你手上,最终成事在天。这里的概率,不用算也知道。

　　这么多年来，我一直念着两枚作为玩物而非流通货币的花钱,一枚是汉朝的,币面文字是,"乐无事,宜酒食"。另一枚是大约宋铸的大花钱，钱上是一封问候朋友的短信,书法极好,有人说是黄庭坚体。这两种钱,只在网上各见过一枚,估计一辈子也难得到。

　　藏家常言:遇到喜欢的,不能错过。老天给你的机会,不会有第二次。错过了,就是终生错过。我正式玩钱,已经十五年。若从孩提时的收集算起,时间更长。如果说有什么感受,就是这两个字:缘分。缘分不是求而可得的,该来就来。缘分来了,不能错过。

　　早些年,心思常变。有些东西,到手后玩过一段日子,不当回事了,换给别人,或者去店里卖掉。这其中有几枚,后来时时想起,百计寻觅,再无芳踪。卖掉的,不去说了。换掉的,虽然得了别的,也好,也喜欢,却不能完全替代原来的。这也算是日久生情？或者说,下意识里,天性里,我们都由衷地尊敬这个叫"缘分"的神秘事物？

　　俗语说:五百年修得同船渡。今天听起来不无煽情之嫌,但我挺认同。因为这句话的意思是,第一,你要学会珍惜;第二,莫妄求,莫贪婪;第三,得失随意;第四,也是最重要的,因为珍惜,你要享受。

明钱近几年才开始攒一些,以前基本不碰,因为讨厌朱元璋。说到思想专制,大家都骂秦始皇。要和朱元璋比,秦始皇就是慈善家,好好先生了。后来觉得,这样疾恶如仇,有点小孩子气。历史上的浑蛋多着呢,咱们只认钱,不认人。清朝有位学人,生平痛恨太平天国钱,说有血腥气,见到一枚,动辄刀砍斧斫,务必毁坏了事。其实,太平天国又算什么呢?那么多的军阀、盗寇、汉奸儿皇帝,他们的政权寿命短,发行的钱币数量小,往往成为珍品。因太平军逼近而自杀殉国的画家戴熙,他最珍爱的一枚钱,据他考证是黄巢的。我想,戴熙那样的传统士大夫,一定不会认同杀人如麻的落第秀才黄巢,但他对历史之物的态度很平和。

叶德辉在《古钱杂咏》中咏到唐朝"安史之乱"时史思明铸的"得一元宝"和"顺天元宝"钱:

> 得一谁知谶未真,顺天新铸有重轮。
> 洛阳古寺铜销尽,都是如来劫后身。

史思明建都洛阳,拟定年号铸钱。根据《老子》第三十九章，"天得一以清，地得一以宁，神得一以灵，谷得一以盈，侯王得一以为天下正"，确定以"得一"为年号。不料有人说，得一，只得一年，"非长久之兆"，于是改为"顺天"。传说思明铸钱，毁寺庙佛像取铜，故叶氏有此感叹。后人念及此诗，也会生出一点对微物的"历史的温情"吧。

2009 年 12 月 4 日

清闲小镜

六十元买得一枚清朝的小镜，很常见的人物行乐图案，简单而粗糙，然而镜钮上下两个大字"清闲"，感觉就很喜欢，虽然谈不上精美，锈色也还润泽，托在掌中，是可以赏玩的。

从前听余叔岩唱《珠帘寨》："贤弟休回长安转，就在这沙陀过几年，落得个清闲。"心想，残唐五代，那么个战乱法，躲在大沙漠的一角，游牧民族骑兵的营帐，又不是千里莺啼的江南，居然也能安享清闲，倒真是"好受用"呢。后来发现，偏是这五代十国，出名的闲人特别多。他们的了不起，不在闲适的绝对性，而在他们居然"能"闲适。冯道历仕四朝，为相二十年，自称长乐老。相比之下，北宋太平盛世的邵雍筑安乐窝，就不算什么了。书上说，冯道是"中国大规模官刻儒家经籍的创始人"，笑话里又有他儿子或门客悠然研读《道德经》的故事，可见他不仅真是有闲，还能闲而有为。

冯道优游于乱世而如鱼得水，为人是有一套的。欧阳修骂他无耻，他完全可以用陶渊明的"心远地自偏"来辩解，毕竟他存活下来了，还做了不少有用的事。

五代词学发达，《花间集》的作者，多栖身于偏安一隅的小国。孙光宪在弹丸之地的高季兴的荆南，居然也过了几十年太平日子，侍候三位国王，直到北宋一统。光宪是花间一大家，传世的词作八十多首，有学者说，他有资格和温韦并列，为花间词三大家。《宋史》本传说他"博通经史，尤勤学，聚书数千卷，或自抄写，孜孜雠校，老而不废。好著撰，自号葆光子，所著《荆台集》三十卷，《巩湖编玩》三卷，《笔佣集》三卷，《橘斋集》二卷，《北梦琐言》三十卷，《蚕书》二卷。"

能写这么多书，词和唯一传世的《北梦琐言》都是经典之作，我们的作协养了那么多专业作家，比比孙光宪，岂不惭愧，人家可是业余写作啊。

往早了说，还有榜样。《三国演义》里糊里糊涂的刘表，曾有人做诗说"景升父子皆豚犬"，一万分的鄙睨。"豚犬"之说出于曹操，曹操这么说刘表，他有资格，毕竟无论在军事和政治上，他可以视刘表如无物。别人有什么资格这么说呢？刘表统治荆州几十年，开经立学，爱民养士，使荆州成为战乱中保存中华文化的一处绿洲。宋衷、王粲、王肃，都是荆州学术的代表人物，刘表自己也多有著述。这样一个人物假如是猪狗，那些摧残文化的，如明太祖之流，岂不是猪狗不如吗？

西方学者说，文化是贵族的，前提是有闲，日子无忧，才能也才肯做不实用的事。中国学者说，中国文化，骨子里是地主文化，皇帝、官僚本质上都是地主，所以才对土地，对节令，对花草虫鱼，有那么深的感情，才有山水画和田园诗。"燕寝凝清香"，"把酒话桑麻"，"斜晖脉脉水悠悠"，都透着闲适劲儿，尽管后面一句带着哀愁在里头，然而哀愁却是"闲"愁。中国人拿"闲"来修饰愁，岂有此理，妙不可言。

我也是盼着清闲的，否则，大概不会突然兴起买一枚可有可无的小镜子，再来一番胡思乱想。

2012 年 3 月 13 日

喜 爱

毛姆小说《刀锋》里的艾略特·谈波登说,世界上唯一适合生活的城市,是巴黎,巴黎的时尚和优雅,无处可比。按毛姆的意思,谈波登属于附庸风雅的人物,好虚荣,有点浅薄,但心地善良。我想,世上大多数人,差不多也都如此吧。谁没点虚荣和浅薄呢? 只要善良,便不失为正人君子。巴黎在很多人心目中,是艺术的圣地,也是文学的圣地。我在一句法文还不会的时候,就买了一本波德莱尔的《恶之花》,看扉页的照片,读每一首诗,认出其中几个字,觉得开心。这种心态,和谈波登无异。大学的第二外语,选了法语,学了一年,挣得八个学分,除了"你好"和"再见",全都早已忘干净。我开玩笑,引圣人的教导:法语之言,能无从乎? 你看,孔子也这么推崇法语呢。

我爱看欧洲电影,法国首当其冲。但说实话,对法国电影我从没有过系统的了解,不过在图书馆随手撷拾,今天一部雷斯奈斯,明天一部科克托,看得心花怒放,全不管来龙去脉。从一个小小的细节无限生发,好比种子长成大树,但树上的枝叶花果,皆非自然所成,多半是胡乱嫁接的。

因为喜爱,偏见是免不了的,处处理直气壮地想当然。法国文学好,绘画好,时装好,音乐虽然不如德国人,有拉摩、圣桑、福雷、德彪西,也尽够了。电影好,怎么个好法?像《去年在马里安巴》那样的梦意沉沉就不去管它了,像《游戏的规则》那样的入木三分也不去管它了,就说女演员的气质,便是好莱坞明星不能比的。让-吕克·戈达尔的《精疲力尽》看过多遍,男主角贝尔蒙多的赖皮相别具一格,女主角珍·西宝剪了男孩一样的头,清清爽爽,衣着简单而有格调。我说,看看人家法国人,美国哪里找这样的人物呢?

从来没有人和我争,没有人反驳我的观点,他们给我面子。我呢,也就年复一年,拿法国的、意大利的、偶尔还有德国和日本的演员,做讥讽好莱坞的枪弹:伊莎贝尔·阿佳妮如何如何,克劳迪娅·卡迪内尔如何如何,安娜·卡丽娜如何如何。珍·西宝是这些枪弹中最有力的一颗,她娇媚,顽皮,充满青春活力,她不妖艳,她美丽。可是有一天,我想查知她还演过什么电影,一查,顿时傻了:人家西宝小姐根本不是法国人，人家就是一美国丫头，出生地是爱荷华州的马歇尔镇。她演法国片，也演美国片，她演的美国片里，至少有两部，包括一部西部歌舞片，我是看过的，可愣是没认出她，想都没想过，她会出现在这样的电影里。

什么叫喜爱啊？喜爱就是这么一厢情愿的事。没有自以为是，没有想象，就没有喜爱。所以，以喜爱为基础来做学问是很危险的。弄不好，学问就成了一场白日梦，一个童话，充斥着无所不有的异想天开，美丽到虚无缥缈，好比钱起应试诗中鼓瑟的湘灵，又隔着水，又裹着雾，有永远无法拉近的距离，还有能把一切都吹散的风。你能抓住什么？

人若率性，则世界可以是别一种样子：桃树上结出苹果，蜻蜓在冰雪中飞翔，海棠芬芳四溢，有如兰花，有如梅花。你说没道理？可它存在得比现实还逼真。

关于珍·西宝，还可以说几句。二十世纪六十年代后期，由于西宝资助一些民权团体，引起联邦调查局的注意。她几次赞助黑豹党，数额约一万元。联邦调查局对她恨之入骨，采取一切手段对付她：骚扰，跟踪，窃听，监视，诽谤，威胁，连她在国外旅行时都不放过。1970年，联邦调查局编造谣言，说西宝怀的孩子不是她丈夫罗曼·盖瑞的，是黑豹党成员雷蒙·休伊特的。谣言经闲话专刊作家之手，在著名的《洛杉矶时报》登出，后来《新闻周刊》也报道了。西宝饱受打击，不幸早产，生下一个只有四磅的女婴，女婴只活了两天。西宝夫妇在葬礼上敞开棺盖，让记者看婴儿的肤色，驳斥父亲是黑人的谰言。

九年后的 1979 年，珍·西宝在巴黎死于她的汽车里，死因是服用巴比妥。官方结论，西宝死于自杀。盖瑞指控说，联邦调查局的迫害严重损害了西宝的心理健康，诽谤事件和随后的女婴死亡导致她精神失常。在以后每年的 8 月 25 日，也就是女儿死亡的日子，西宝曾多次企图自杀。

珍·西宝只活了四十一岁，葬在巴黎。

2013 年 3 月 6 日

辑 二

海棠诗余话

　　张爱玲说人生三恨:一恨鲥鱼多刺,二恨海棠无香,三恨《红楼梦》未完。很多人挂在嘴边,时相征引。前面两恨,不是张爱玲原创,是北宋人的发明。惠洪《冷斋夜话》卷九记他叔叔彭渊材的话:"吾平生无所恨,所恨者五事耳。第一恨鲥鱼多骨;第二恨柑橘太酸;第三恨莼菜性冷;第四恨海棠无香;第五恨曾子固不能做诗。"这段话后来被无数人添添减减据为己有,明清小文人几乎人手一版,张爱玲版算是较新的一例。但严格地说,《红楼梦》未完这一条,表达不准确。因为《红楼梦》并非未写完,而是八十回后的手稿遗失了。万一哪一天时来运转,重出人世也不是不可能的。

　　彭渊材和宋朝的石曼卿米芾差不多,是个滑稽人物,常有奇怪的言行。听者习以为常,并不当回事。当他发完五恨的高论，"闻者大笑，而渊材瞠目曰：'诸子果轻易吾论也'"。《冷斋夜话》同卷又记，有人被差遣到昌州做官，嫌远，渊材大呼可惜，说："天下海棠无香，昌州海棠独香，非佳郡乎？"那就是说，至少还有一个地方，海棠是有香味的。昌州，其时属四川，四川的海棠全国闻名。

海棠究竟有没有香味，如果从古人诗中去找，是不可能得到结论的，因为诗太主观，花鸟鱼虫，想怎么形容怎么形容。燕山雪花大如席，你和谁争去？说海棠无香的固然不少，说它香的也很多。最有名的海棠诗，肯定是苏东坡的这一首："东风袅袅泛崇光，香雾空蒙月转廊。只恐夜深花睡去，故烧高烛照红妆。"他说海棠是香的。黄庭坚持同样看法："海棠院里寻春色，日炙荼红满院香。不觉风光都过了，东窗浑为读书忙。"还有温庭筠："岛回香尽处，泉照艳浓时。"

宋人爱海棠，陆游写西蜀海棠的诗，又多又好。他的诗里只写到海棠的娇艳，没有提到是否有香。

杜甫晚年长住川中，后人奇怪杜集中竟然找不到一首咏海棠的诗，甚至连海棠两个字都找不到。这个现象，晚唐人已经注意到，郑谷有《蜀中赏海棠》一诗，后注："杜工部旅两蜀诗集中无海棠之题。" 王安石在咏梅诗中感叹:"少陵为尔牵诗兴,可是无心赋海棠。""牵诗兴",指的是老杜那首著名的《和裴迪登蜀州东亭送客逢早梅相忆见寄》,唐人咏梅诗的第一佳作。东坡也说老杜:"海棠虽好不题诗。"有人自作聪明,解释说,老杜的母亲小字海棠,他是避讳。这当然是信口开河,没有资料说到杜甫母亲的小名叫什么。所以这一"发明",除了好事者哄传,并没多少人当真。

陆游认为,"老杜不应无海棠诗,意其失传尔。"这算是一个聊胜于无的解释。除了碰巧、偶然,还有一个可能,就是老杜不喜欢海棠。俞弁在《逸老堂诗话》里说:"梅花不入《楚骚》,杜甫不咏海棠,二谢不咏菊花,亦可懊恨。"人喜欢什么不喜欢什么,有什么道理好讲呢?完全没有。辛弃疾词云:"要知黄菊清高处,不入当年二谢诗。"替菊花打抱不平,未免多事。

在杜甫诗集中找海棠的痕迹,也不是完全没有。《春夜喜雨》诗的末二句:"晓看红湿处,花重锦官城。"这春雨中盛开如一片红云的,是什么花?有人认为就是海棠。确实,当得起这样形容的,恐怕只有海棠和桃花。所以,杜甫至少有一半可能写过海棠。陆游有一首《海棠》五古,说的正好是成都春天的花事:

今日春已半,风雨停出游。

瓶中海棠花,数酌相献酬。

尚想锦官城,花时乐事稠。

金鞭过南市,红烛宴西楼。

千林夸盛丽,一枝赏纤柔。

狂吟恨未工,烂醉死即休。

那知茅檐底,白发见花愁。

花亦如病姝,掩抑向客羞。

尤物终动人,要非桃杏俦。

东风万里恨,浩荡不可收。

参照这首诗,《春夜喜雨》所写,就更像海棠了。陆游还特地把桃花拣出来,说它不能和海棠相比。瞧瞧。

唐明皇说杨贵妃的醉态,好比海棠春睡。以后咏海棠的诗,便少不了用这个美女的典故,东坡的"只恐夜深花睡去"如此,连彭渊材也写了"雨过温泉浴妃子,露浓汤饼试何郎。"大侄子惠洪拍马屁说:"意尤工也。"这也叫工?

2013 年 6 月 25 日

神仙诗

　　《全唐诗》最后几卷,专收神仙鬼怪的诗,多半来自小说传奇。我们了解唐人的习惯,就知道诗出小说作者之手。唐人传奇既然是为了展示作者全方位的才华的,其中的诗歌,当然不会转引自别处。也有一些,来自于当时的传闻、神鬼等等,记录者是信以为真的。古时没有报纸杂志,最适合发表诗的地方,就是题壁。旅馆、寺庙、名人的故居和墓地,好多公共场合,都是诗人们满足发表欲的地方。如果某首诗写得特别好,有尘外气,又不落款,便很容易被当作来历不凡的作品,附会出一个故事。举个最简单的例子,假如李贺的一些诗,"冷翠烛,劳光彩"之类,生前没收入文集,流落江湖,那就是最精彩的鬼诗,比清人笔记中艳称的所有鬼诗都好。赵令畤《侯鲭录》有一条:"东坡尝言鬼诗有佳者,诵一篇云:'流水涓涓芹吐芽,织乌西飞客还家。深村无人作寒食,殡宫空对棠梨花。'尝不解'织乌'义,王性之少年博学,问之。乃云:'织乌,日也,往来如梭之织。'坡又举云:'杨柳杨柳,袅袅随风急,西楼美人春睡浓,绣帘斜卷千条人。'又诵一诗云:'湘中老人读黄老,手援紫藟坐碧草。春至不知湘水深,日暮忘却巴陵道。'此必太白、子建鬼也。"

同样的情形,也发生在神仙身上。《侯鲭录》卷二又有一条:"东坡先生在岭南,言元祐中,有见李白酒肆中诵其近诗云:'朝披梦泽云,笠钓青茫茫。'此非世人语也。少游尝手录其全篇。少游叙云:'观顷在京师,有道人相访,风骨甚异,语论不凡。自云尝与物外诸公往还,口诵二篇,云东华上清监清逸真人李白作也。'诗云:'人生烛上花,光灭巧妍尽。春风绕树头,日与化工进。昔我飞骨时,惨见当涂坟。青松霭朝霞,缥缈山下村。既死明月魄,无复玻璃魂。念此一脱洒,长啸登昆仑。醉著鸾凤衣,星斗俯可扪。'又云:'朝披梦泽云,笠钓青茫茫。寻流得双鲤,中有三元章。篆字若丹蛇,逸势如飞翔。归来问天姥,妙义不可量。金刀割青素,灵文烂煌煌。燕服十二环,想见仙人房。暮跨紫鳞去,海气侵肌凉。龙子善变化,化作梅花妆。遗我累累珠,靡非明月光。劝我穿绛缕,系作裙间珰。揖子以疾去,谈笑闻余香。'"

秦观记录的两首诗,第一首极恶劣,模拟鬼诗,所以有自见其坟之语。第二首稍用力,前六句确有几分李白诗的味道,此后便落下乘。"燕服","紫鳞","绛缕",都是现成套话,"累累珠"这样的词句,还有"海气侵肌凉",李白大概是不会说的。东坡盛赞前两句,这两句也真好,唯一的问题,是容易令人想起陆龟蒙。秦观知诗,何以如此分不清好坏?是因为相信道士的话,相信有神仙?说神仙写的,先有大帽子压着,判断力就丧失了。譬如传出一首天帝御作,心中满是崇敬,对诗本身,还能说什么。当然我也可以这样理解:神仙,高高在上的人,都是不会做诗的,做成这样,已经很不容易,所以,只能说好。历代都有当权者做狗屁不通的诗词,便有大学教授诗词专家之类的跟屁虫,出来说古今罕有,天地为之变色的疯话。秦观不过是人太老实而已。

李白的仙界官位,这里也有,叫作"东华上清监清逸真人",似乎是无权的闲职,级别呢,大不了是个太乙散仙。

宋明以后,文人乐道仙鬼诗词,其中自然有好的,但大部分是劣作。到清及民国,扶乩盛行,各路神仙降凡,大作艳词绮语,名士们记在笔记里,当作风流韵事。鲁迅的小说里,就能见到此类人物。《高老夫子》里"花白胡子的教

087

务长,大名鼎鼎的万瑶圃,别号'玉皇香案吏'的,新近正将他自己和女仙赠答的诗《仙坛酬唱集》陆续登在《大中日报》上"。万瑶圃说,他们请的乩仙叫作蕊珠仙子,似是一位谪降红尘的花神,最爱和名人唱和。仙子的大作,小说里透露了两句:七言的,醉倚青鸾上碧霄;五言的,红袖拂天河。都很切合虚拟神仙的身份。这两句诗别处没见过,大概是鲁迅自造的。

归根结底,还是唐人爽快。唐人小说里的诗,谁都知道是作者自己写的,不搞神秘主义,不借神灵压人,展露一下才华,有什么好当真的。前引东坡盛赞的"杨柳杨柳,袅袅随风急",正是出自牛僧孺的小说《刘讽》。

2013 年 5 月 29 日

亲爱的孔子老师

北大的李零教授说，"近百年来，尊孔批孔，互为因果，互为表里，经常翻烙饼。它与中国备受欺凌的挫折感和郁积心底的强国梦，有着不解之缘。既跟政治斗争有关，也跟意识形态有关，还有民族心理问题，忽而自大，忽而自卑。"对孔子的态度，随着时代走，或尊或批，不能说毫无道理。李零说，尊孔批孔，作为学术，都可以讲，变成政治，就是打乱仗。知识分子，半知识分子，冒充的知识分子，全都披挂上阵，其中最为无耻的就是，"当年的批孔干将，现在也是急先锋，只不过换了尊孔而已"。

李零教授没有提到——相信他不屑提到——的是，在当下的"孔子热"中，更多的是那些戴着各种高冠的伪专家，或打着孔子的旗号，以年老为胡说的本钱，兜售他那点江湖世故；或以学者的面目出现，信口雌黄，美其名曰弘扬传统文化。这样的尊，无异于对孔子肆无忌惮地糟蹋，欺人欺世，连带着把祖宗也欺了。

说传统，论文化，寻找精神依托，挖掘生活智慧，归根结底，你得认认真真读原典。《论语》在先秦典籍中，应该说，是比较容易的一种，内容平实，语言浅近，而且历代的注本也多。稍稍下点功夫，断不至于译"色难"为"不给父母好脸色看"，解"接舆"为"接过孔子的车子"。名家笔下，至今还以为"学而优则仕"中的"优"是"优秀"的意思。等而下之的，更不必说。

在这样一个处在文化浩劫长长的阴影中、十几年的恶果仍在继续显示出来的时代，经典的普及比任何时候都显得急迫和重要。越是"热"，越是一窝蜂地闹腾，越是需要一些真正有益的东西，它不一定本身即是一座高峰，但它至少能够引导人们走上一条踏实的路，提供一种可能性。

甘霖兄的《亲爱的孔子老师》出版，让我忽然想到很多。甘霖写作此书的命意，他在自序里说得很清楚，以当代人容易接受的方式去塑造孔子的形象，展示孔子的智慧。首先，他是贴近孔子来写，消除时间和罩在孔子身上的神圣光环造成的距离；其次，他不要枯燥的说理，而"以故事说话的方式来表述"。寓思想于生活事件，按照日本汉学家吉川幸次郎的说法，正是中国式叙事的一大特色：司马迁的史传文学，就是最好的例子："我欲载之空言，不如见之于行事之深切著明也。"别人也说："太史公之书，以著述为议论。"甘霖古典文学功底深厚，他除了二十年演讲著书培训人才的经验，自然也不会忘记太史公的典范，于是，就有了这本以子贡为叙述者的关于孔子的思想和智慧的小说。

为什么选择子贡为叙述者？甘霖说，理由有两点：第一，子贡是跟随孔子最久，感情最深，因此也是交流最多的人（《论语》一书中，子贡出现三十八次，仅次于子路的四十二次，再其次是颜回和子夏，各有二十一次）；第二，甘霖特别强调，子贡是孔门弟子中"最有现代个性和追求"的人物，他口才好，善经商，是"著名的外交家，还是儒商的始祖"，"这些都与当代读者在心理上有最大的亲近性，他所感受和思考的问题，与当代人可能更为接近"。

《论语》的人物，我也是最喜欢子贡的。子贡聪明，虽然书里我们听到孔子屡屡称赞颜回，但在具体的事例中，颜回除了古板认真，就是安贫乐道。子贡善言辞，通世故，懂经济，又能外交，智圆行方，大节无亏。甘霖在书中说，做人不能圆滑，一定要圆通，会读书，更要会办事，学习不仅是知识的累加，更是智慧的提高，这些赞语，子贡当之无愧。而我读《论语》，印象最深，最受感动的，却是其他学生为孔子守墓三年，独有子贡，守了六年。一个如此通达，能在社会各个领域叱咤风云的人，同时如此重感情，放眼古今，实在难得。甘霖在《亲爱的孔子老师》第十章，着力写孔子死后子贡的追忆和怀念，主题从修齐治平的大道理转到诗意浓郁的感悟死亡、认识生命，将追求个人完善和促进社会完善、将心灵之乐和为天下而忧完美地统一起来。

这正是我们读《论语》，从"子曰学而时习之"读起，读到第十九章子贡赞扬孔子的最后四节时，心中油然生起的温暖之感。

歪解，曲解，关公战秦琼式的戏说，固然不足道。但既是小说，拘于原典而不能作合理的发挥和引申，那是鲁儒死章句的路子，也为人所不取。《论语》多为短章，三言两语，点到为止，其中的微言大义，不是单从字面上死抠能够阐发出来的，必须熟悉原典，熟悉孔子的思想体系，熟悉他的时代，掌握尽可能多的材料，在此基础上，融会贯通，以原文互证，才能探骊得珠，真正理解孔子。举个最简单的例子:三十而立,何谓立?孔子在另外的地方自己说了,不知礼,无以立。可见所谓立,就是知礼,知礼才能立于世上。这样我们就知道,立,既不是"壮而有室",更不是赚足了钱,当了高官。

早在1987年,八十高龄的日本名作家井上靖,就写了长篇小说《孔子》。将《论语》的零散材料串联为小说,需要一种巧妙的结构方式。当时的井上先生苦心孤诣,虚构了一个名叫"蔫姜"(老生姜)的人物,在孔子死后几十年,组织研究会,搜集和交流关于孔子言行的资料。小说正是通过蔫姜的演讲来展开的。这和甘霖借助子贡的回忆,实有同妙。

《亲爱的孔子老师》取材不限于《论语》,而及于《孔子家语》和《史记》等书,这是对《论语》的很好补充。《孔子家语》这些书,过去定为伪书,研究孔子的人不敢用,近年来拜出土简帛之赐,使人相信其中的很多材料应有所本。过分"疑古"造成的冤假错案,很多可以平反了。

想象年轻的庄子

庄子说，自由的要义在无待。无所依傍，完全自主。所以，蓬间小鸟固然不自由，云程九万的大鹏，御风而行的列子，也不自由，他们都借助了外物。庄子又说了，就算你想有待，"其所待者特未定也"，还是靠不住。你不能指望像戏台上的诸葛亮那样，临到火烧眉毛，只好仗剑借风。道化为物，纷纭复杂，难以尽知。道之本体，却单纯透明。人从简单一面看世界，则世界实在很简单。四十岁前，人看世界，是累累叠加。四十岁后，是删繁就简。入眼的事物越来越少，终于慢慢归向清静。

著书立说时候的庄子，洞观世相，冥思人生，不必活到两百岁，实在已经成精。立足于最低的出发点，结论于溟漠渺茫之处。庄子的墙上画了太多扇装饰的假门，以至于很多人以为进去了，其实还在门外，有人步子太急，不免撞痛了头,有人已经拉开了门,却以为无路可入。

和庄子对谈是我一生的消遣。庄子是一条长长的走廊,我愿意在任何地方停步,注目良久,或轻轻一瞥。我把自己的年龄叠加在他的年龄上,把玩彼此的异同。我渐渐看到了晚年庄子的清晰面孔,同时向更远的过去追溯。

我想象庄子年轻时候是什么样子?假如那时他留下文字,会是什么样的风格?即如一般人所说,《庄子·内篇》亲出其手,那已是成熟时期的作品,代表他的晚年定论,所以思想是一贯的、纯粹的、没有杂质。他对自己的所知所得没有怀疑,思考愈深,愈觉那些结论的必然。伟大的思想家总是给人留下想象的余地,留下一些看似漏洞的地方,其实那正是机智所在,精义所在。一件事物只有不圆满才有继续存在的理由,留下一个缺口才使它不受局限,能够永远成长。宣称自己是绝对,是终极,也就等于宣布了自己的死亡。此后尽管绵延,不过行尸走肉。我们看到的庄子,坐在水边或山崖,是一个老人。我们知道他走了很长的路,却不知道他经行的路线。我们不知道他休息于何处,犹疑于几时。他是义无反顾,还是辗转徘徊。他离开家乡很远了,还是始终坐在门口。大袖飘飘的庄子也应该有个仗剑纵横天下的时代吧,有个陷于各种情感而痛不欲生的时代吧。他的豪气化为文字，他的痴情发为歌吟，是《诗经》一路还是《楚辞》一路？对于爱情他会怎么说，对于个人理想和苦行僧式的磨砺，他会怎么说？他一定是个崇尚天才的人，因为心智始终是一切的根本。怕的是智不足以驱除魔障，而恰恰成了培育魔障的沃土。

我曾经在《庄子·外杂篇》里试图寻找青年庄子的痕迹，我没有找到。我找到的片断，仍是晚年的他。唯一可疑的是《说剑》(苏轼等人都表示怀疑)，这是最接近青年庄子的文字了：一个充满自信的人，一个口若悬河的人，一个嬉笑怒骂皆成趣味的人，同时，一个还相信世界不妨是英雄用武之地的人。

庄子在最复杂的时候仍然保持了单纯，干净得像一滴水。而在青年时代，他也曾充满了愤怒。那时他信心不足，时刻想着逃避。老子说过一切大患在于肉身，这句话一度使他沉迷于幻想，后来他才领悟到，那不过是一个比喻。他觉得永恒并非不可能。乘天地之正，御六气之辩，以游无穷。人摆脱束缚，只是一个心灵，只有单纯的形式。

他说登天，还是他的逍遥游吧。白云之乡云云，不知是否真的这么想，但我只当也是比喻。自由狂放的瞬间，时时有一刻也是好的,生活毕竟不是全部细节的叠加,是那些自己喜欢的瞬间的总和。

　　你看,归根结底是美好的。

2013 年 5 月 21 日

10 月 3 日改

羽扇纶巾

　　历来注东坡的《赤壁怀古》词，注到"羽扇纶巾"，不免众说纷纭。早些年，因为三国故事深入人心，刘逸生写《宋词小札》的时候，这里还要插一句，说根据词意，头戴青巾手摇鹅毛扇的，不可能是指诸葛亮。以后当然不再有这样的误解，但羽扇纶巾究竟何指，多数选本含糊带过，只说是当时儒将流行的打扮。这样说不算错，但等于什么也没说。有的注者在儒将的意思上更进一步，发挥成"在野的装束"，虽然饶富诗意，却是谬之千里。我看过一种最要言不烦的解释，说羽扇，言其指挥若定，纶巾，言其名士风流。这说得多好。

　　纶巾问题不大，有疑难的是羽扇。诸葛亮的例子在前，羽扇向被当成军师的象征，说某人是"背后摇鹅毛扇的"，意思是他在幕后出谋划策，作为政治语言，极具贬义。其实这错了。周一良先生研究魏晋南北朝史,写过一篇《"羽扇纶巾"考》,以大量材料,无可辩驳地说明,"白羽扇为指挥军事战斗之标志"。

周先生先举《晋书》之《顾荣传》的例子:"荣麾以羽扇,其(指陈敏)众溃散。"《资治通鉴》记载此事发生在 2 月,可见手挥羽扇不是为了取凉。其次是裴启《语林》说诸葛亮:"乘舆葛巾,将白羽扇,指麾三军,皆随其进止。"可见诸葛亮也用羽毛扇指挥。《陈书》的《高祖纪》里说:"公赤旗所指,袄垒洞开,白羽才挥,凶徒粉溃。"萧绎《金楼子》序:"而侯骑交驰,仍麾白羽之扇;兵车未息,还控苍兕之军。"还有《魏书》之《傅永传》,记载傅永在豫州打败齐将裴叔业,缴获对方的"伞扇鼓幕甲仗万余"。傅永打败裴叔业,发生在 12 月,这再次证明,缴获的扇,确实不是取凉用的。

周先生说:汉画像上有人手持形似羽扇之物,旁边注明"齐将",说明用白羽扇指挥战斗的习惯,后汉以来就有。之所以用白色的羽扇,是因为颜色鲜明,容易识别。这个意思,宋人程大昌在《演繁露》里,就已经说过了。

周先生发现,古代日本也有类似的情况:"日本古代两军对阵时,大将手执以指麾进退者,有所谓'军配团扇'。系铁、皮革或纸质葫芦形,下附铁柄,上涂以漆,用泥金绘有日月星辰等。又有所谓'军扇',系铁骨红色纸折扇,两面分绘日月形。唯未有用白羽扇者耳。"

周一良的考证解决了羽扇的疑问,我这里只能补充小小一点。周先生说,根据见到的材料,执扇指挥作战,或自后汉开始。这是很严谨和稳妥的结论。不过在《庄子》中,也有一条资料,可供我们参考。此条见《杂篇》中《徐无鬼》:"市南宜僚弄丸而两家之难解,孙叔敖甘寝秉羽而郢人投兵。"

郭向注:"此二子息讼以默,澹泊自若,而兵难自解。"宜僚是楚国勇士,他的故事暂且不论。孙叔敖甘寝秉羽,成玄英疏:"叔敖蕴藉实知,高枕而逍遥,会理忘言,执羽扇而自得,遂使敌国不侵,折冲千里之外。"读罢注疏,我们觉得这话太熟悉。为什么?因为和《三国演义》第八十五回"诸葛亮安居平五路"的故事如出一辙。

《庄子》中多寓言,孙叔敖的故事不见得是真的。但手持羽扇,运筹帷幄,制敌千里的形象,很可能有现实的影子。学者多认为《庄子·杂篇》非出庄子之手,是其门生所作。即便如此,时代也不会晚于战国。据此,再加上汉画像上的"齐将",执扇指挥作战的习俗,也许在先秦就有了。

2013 年 7 月 9 日

哀高陵

东汉末年,天下动荡,蜂起的军阀集团,辄以发掘陵墓作为敛财的手段。曹丕曾感叹:"自古及今,未有不亡之国,亦无不掘之墓也。"民间话语中生性多疑、智计百出的曹操,疑冢七十二的传说喧腾众口,令无数出于各种莫名其妙的理由而对他恨之入骨的正人君子一筹莫展,鞭尸扬灰的阴暗欲望不得满足。现在,历史也许又一次证明了魏文帝的睿智,他父亲的陵墓,尽管明令薄葬,不留标记,还是被找到了。

对于自己的后事,曹操在建安二十三年有这样的指令:选择"贫瘠之地","因高为基,不封不树"。二十五年(220 年),临终遗令,再次申明,"敛以时服,无藏金玉珍宝"。曹操这样做,一方面,是他自己清楚,历代帝王之墓之所以屡被盗掘,就是因为厚葬。另一方面,则是因为他见事通达,胸襟非凡,"死去何所道,托体同山阿",读他的《龟虽寿》,可以想象其气度之万一。因此分香卖履的故事,才千古为人艳称。

然而俗论并不放过他。七十二疑冢的传说,较早的记载见于宋罗大经《鹤林玉露》:"漳河上有七十二冢,相传云曹操冢也。北人岁增封之。范石湖奉使过之,有诗云:'一棺何用冢如林,谁复如公用此心?岁岁蕃酋为增土,世间随事有知音。'"

元陶宗仪《辍耕录》则说:"曹操疑冢七十二,在漳河上。宋俞应符有诗题之曰:'生前欺天绝汉统,死后欺人设疑冢。人生用智死即休,何有余机到丘垄?人言疑冢我不疑,我有一法君未知。直须发尽疑冢七十二,必有一冢藏君尸。'此亦诗之斧钺也。"

清人笔记中的记载,例不胜举,连《聊斋》中也有一篇有人夏天下河洗澡,误入崖下深洞,导致发现曹墓的故事。作者的新意在于,曹操疑诈,真墓还在七十二疑冢之外。这等于打了自以为聪明得了不得的俞应符一巴掌。

《三国演义》尽管竭力把曹操妖魔化,但读过,要佩服的还是曹操。事实在那儿摆着:诸葛亮运筹帷幄,关张赵勇冠三军,曹操一次次吃败仗,狼狈不堪,但打到后来,蜀汉越来越弱，曹魏却是越来越强大。所以后来晋灭吴蜀，不费吹灰之力。《三国演义》作者的创作法，和后来的"三突出"是一致的：所有的智谋故事都用到诸葛身上，所有的奸诈残暴故事都用到曹操身上。结果正如鲁迅所言："写关羽之义而似伪，状诸葛多智而近妖。"刘备的仁慈，也被看出虚伪来。杀吕伯奢全家，本与曹操了无干涉，书中挪用，遂成全了曹操的千古骂名。曹魏国祚不长，司马氏政权自不会说曹家的好话，曹氏父子都是被严重歪曲的人物。《世说新语》里曹操的逸事就已经是恶意编造的，偏偏后来读史的，似乎没几个有脑子。像俞应符那样的，自以为的义愤也就罢了，不惜掘尽七十二冢，也要把曹操挖出来，即使是在写诗做文章，也实在太过刻毒。

小说《鬼吹灯》风行，于是寻常读者也都知道，曹操是掘墓取财的老祖师。据说他亲率将士发掘，"破棺裸尸，略取金宝"。为了盗墓，他还专门设置了"发丘中郎将，摸金校尉"的官职。灾人者人必反灾之。掘墓历来被认为是伤天害理之事，曹操掘人坟墓无数，他自己的墓被盗挖，按理正是报应，无可埋怨。

然而问题在于，曹操盗墓以及"发丘中郎将和摸金校尉"的说法，却是出自陈琳为袁绍起草的《为袁绍檄豫州》。

103

这种敌对双方互相辱骂的文告，其中能有多少可信的成分？刘勰在《文心雕龙》中论及"檄"这种文体时就说陈琳的这段文字"诬过其虐"。所谓"过"，非仅只陈文而已，所有檄文恐皆如此。那么，曹操究竟有没有大肆掘墓呢？也许有，也许完全没有。

事实上，官职是国家大事，岂容儿戏。就算曹操确实掘过墓，何至于要专设这种荒唐可笑的所谓"发丘中郎将"和"摸金校尉"！也许在当时，人们一看就知是陈琳借机嘲讽。遭人痛恨而且看不起的董卓，就以盗墓出名。后人若以为曹操真的设了这两种官职，那也太可笑了。

河南宣布的曹操高陵之发现，真假如何，不敢议论。因为现在作伪的魔高一丈，专家又时常靠不住。假如是真的，那就肯定了两点：第一，七十二疑冢纯属传言；其次，曹氏父子说薄葬，是真的薄葬。历史上宣称薄葬的人多了，真正做到的，极少。古人说，葬者，藏也。人死，入土为安。曹操遗骨暴之于世，我为他伤感。

2009 年 12 月 29 日

曹公遗物

图书馆借到《曹操集》,居然是中华书局 1974 年的版本,"中国思想史资料丛刊"中的一种。差不多三十年前的书,清爽如新,没有翻旧的痕迹,纸张也没有发黄变脆。我夏天刚从北京携归的中华书局普及本的纸面精装版,比这差远了。土黄色的封面,远不如原版的淡雅。难道曹公真有灵,能暗中呵护自己的文集?我打开版权页,日期没错。再查图书馆的纪录,却是 2010 年 5 月买进的。

二十多年积压在书店或其他地方, 很可能深藏在大纸箱里,不见天日,才会连颜色都不失鲜明;三年在图书馆的书架上, 想来未经几人借阅,才会既无折痕也未污损——要知道, 那些流行的武侠和侦探小说,用不了两年, 就已破败不堪, 只能淘汰了。

读《三国演义》,那样的抑曹尊刘,居然没有影响我对各方人物的好恶。关羽，我感动不起来；周瑜和张昭，我没法跟着笑话；刘备惯会做戏，让人觉得无聊；只有曹操，我是真心敬佩。小时候我佩服诸葛亮，不几年就觉得他像跳大神的，对魏延，又未免狠毒了一些——历史上的诸葛亮，另当别论。曹操的兵书，在小说里，因为一个记性好的疯子过目不忘，害得心高气傲的作者亲手撕毁。如今薄薄一本《曹操集》里，只有他只言片语的孙子注。

曹操的兵书失传了，曹丕的《典论》失传了，这父子二人，真够倒霉。中国文化史上，失传的著作不知有多少，曹氏父子心血之作的失传，属于其中最令人痛惜的。但愿哪一天，再来一次敦煌石窟式的发现，再来一次马王堆、双古堆，再来一次郭店竹简式的发现，看到报纸头版的消息说，"《曹操兵法》再现人间"。

曹公的遗物，当然也不可能存世。中国人是好创造也能创造但却很不知道珍惜的民族，去旧立新，以拉杂摧烧为常事。流传几百年上千年的文物，贵介人物的一个转念，就惨遭毁弃。记得《隋唐嘉话》里说，谢灵运胡须很美，临被杀时，将胡须施给南海祇洹寺，用在维摩诘像上。寺僧百般爱惜，一代传一代，纤毫无损。到唐朝中宗年间，安乐公主和人斗百草，千方百计增加品种，派人骑马取来。

又担心别人也拿到,就把剩余的全部剪下扔掉。谢灵运的美髯,从此绝于人世。

王莽头、孔子履、汉高祖斩蛇剑,亡于武库失火,这也罢了。西魏围攻江陵,梁元帝尽焚所藏古今图书十四万卷,理由是读书未能挽救败亡:"读书万卷,犹有今日,故焚之。"虽然丧心病狂,也还可以理解。毫无理由的、出于无知或刻毒的破坏,我们司空见惯,才真正叫人无话可说。

曹操死后不久,遗物尚在,由吴入洛的南方才子陆云,有幸亲眼见过,在写给哥哥陆机的信中,留给后人珍贵的描述:"一日案行,并视曹公器物,床荐席具,有寒夏被七枚;介帻如吴帻,平天冠远游冠具在;严器方七八寸,高四寸余,中无隔,如吴小人严具状,刷腻处尚可识;梳枇剔齿纤綖皆在;拭目黄絮二在,有垢黑,目泪所沾污;手衣、卧笼、挽蒲、棋局、书箱亦在,奏案大小五枚;书又作欹枕,以卧视书;扇如吴扇、要扇亦在;书箱五枚,想兄识彦高书箱,甚似之;笔亦如吴笔,砚亦尔;书刀五枚,琉璃笔一支,所希闻,景初三年七月七日,刘婕妤折之。见此期复使人怅然有感处。器物皆素,今送邺宫大尺闻数。"

都是家常小物件,朴素简陋。

曹操的短文,特别是《过桥公墓》一篇,情深意长,早已传为名作。他那些关于饮食起居的文字，读来也都亲切。很多大作家随手写下的简短文字，最能见其性情。人的情绪起伏，多是一时间的事。人所萦怀的，也未必都是高远的理想。精心结撰的大作里，未必肯提及这些瞬间的闪念，提及身边无数琐屑之事。但即使是非常矫情镇物之人，也有真实袒露的一刻，不经意间，留下痕迹。现在读古人集子，特别喜爱那些杂散文字，如题跋、小札、日记、谈话，等等。

可以和陆云信相参照的，是曹公自己建安二十五年正月临终前的《遗令》："吾夜半觉，小不佳；至明日，饮粥汗出，服当归汤。吾有头病，自先著帻。吾死之后，持大服如存时，勿遗。百官当临殿中者，十五举音；葬毕，便除服；其将兵屯戍者，皆不得离屯部；有司各率乃职。敛以时服，葬于邺之西冈上，与西门豹祠相近，无藏金玉珠宝。

"吾婢妾与伎人皆勤苦，使著铜雀台，善待之。于台堂上，安六尺床，下施穗帐，朝脯设脯糒之属。月旦、十五日，自朝至午，辄向帐中作伎乐。汝等时时登铜雀台，望吾西陵墓田。余香可分与诸夫人，不命祭。诸舍中无所为，可学作履组卖也。吾历官所得绶，皆著藏中。吾余衣裘，可别为一藏。不能着，兄弟可共分之。"

曹丕说他父亲常年在军中，手不释卷。黄絮拭目，泪痕犹在。又作欹枕，睡前观书，"见此使人怅然有感"。陆氏兄弟均是吴人，而对曹公感情如此。

2013 年春

天枢的故事

武则天做女皇帝,以大周代唐,各种庆祝和纪念活动,花样百出。凡事求大,不怕费钱,以为这样可以名垂千古。长寿三年,在全国征集铜五十多万斤、铁三百三十多万斤、钱两万七千贯,在定鼎门内建造"大周万国述德天枢",纪武周代李唐的革命之功。

这个所谓述德天枢,主体工程是一个八棱铜柱,高九十尺,直径一丈二尺。柱子底下是一座铁山,铜龙托起,四面围绕着狮子和麒麟。上面有云盖,盖上铸出盘龙,龙身人立,双足捧起一个大火珠。大珠高一丈,直径三丈多,金彩辉煌,光耀日月。

天枢建成,武三思亲自作文,朝中官吏和文人竞相献诗。据说写得最好的,是当时的名作家李峤。其中的精彩句子,"声流尘作劫,业固海成田。圣泽倾尧酒,熏风入舜弦"，无非是说，武则天的业绩将万世不灭，她的英明，比得上历史上最好的统治者尧和舜。

制造天枢，花费无数。政府拨款，富商赞助，据说连胡商和番客都出了资，总共"聚钱百万亿"。武则天做事，一向气魄宏大，洛阳龙门的卢舍那大佛，至今令人叹为观止，她造明堂，顶上用铸铁鸑鸶，高二丈，以黄金为饰。大火珠也是用黄金装饰的。这个下有底座，上有远望如同太阳的火珠的大铜柱，如果立在首都的广场上，想象一下，该多么气派。

然而好景不长，大周皇朝随着武则天的驾崩而烟消云散，到唐玄宗开元年间，天枢被下令拆毁，"发卒销烁"，整整干了一个多月。

工程完工，有人献诗。工程拆毁，照样有人献诗。不过，事后总结历史教训，说闲话，总是不如捧场凑热闹的人多。大概因为捧场有好处捞，而总结教训不仅好处不多，还显得不厚道。这次写诗的是洛阳尉李休烈，他是地方官，身当其事，感触比较实在。他说的当然是风凉话，所以没法像李峤那样大展文才："天门街里倒天枢，火急先须卸火珠。计合一条丝线挽，何劳两县索人夫。""一条线挽天枢"是早先的民间议论，意思是难以长久，大约也算政治谣言。

李休烈的诗就用了这个当代典故。

时势造成的人和事,很少经得起时间考验的。所以我们读史,从远古到今天,总是看见没完没了的纠正和平反,被杀的,追封王侯,享了一辈子荣华的,死后被褫夺一切荣誉,于是改地名,拆牌坊,迁墓立碑,甚至开棺戮尸。一立一拆,耗费的都是民脂民膏。汪精卫去世,在中山陵边建了坟墓,要享受给孙中山先生陪葬的荣誉,建得那么结实,抗战胜利,民国政府不得不动用工兵用炸药炸,才把它平掉。

如今各地都在打名人牌,到处修建墓地和故居纪念馆。某省某墓,居然仿照中山陵,据说投资过亿。花这些钱,拿去做什么事不好?比如改善一点农村学校的条件,照顾一下报效过祖国的老兵们。再说了,现在纪念的人物,就算不是大奸大恶,或历史地位有争议的,有多少是值得纪念的呢,不过做了几天督军省长巡阅使罢了,除了留下一段吃喝玩乐的历史,和几句不着盐醋的废话,一无所有。相信若干年后,很多纪念物还得拆除。德不足尊的,还是有点自知之明的好。一块石头,几行字,真的能让该朽的人不朽吗?树雕像时,彩旗飘飘,谀辞朗朗,子孙后代,与有荣焉;拆掉的时候呢?只听民工绳拖杠撬的呼喊声,只见石块石膏碎裂扬起的灰尘。此时此刻,情何以堪? 真不如一开始就万事皆空呢。

2012 年 10 月 8 日

学诗记

我学做旧诗,是因为杜甫。

记得当初读到谈杜甫和江西派的书,涉及技术层面的分析。中唐以后,直到明清,学杜诗的大家,李商隐、王安石、黄庭坚、陆游、元好问、钱谦益,各有路数。杜诗的沉郁顿挫,是思想内容上的,也是句法上的。怎么学,怎么变,哪些是有意识的变,哪些是由于性情不同造成的变,要说清楚,不容易。从前的诗话作者,本人多是诗人,所以分析能切中肯綮。没有写诗经验的,尽管有一肚子理论,有些问题,不容易闹明白。

因为这个,我花了几年时间,去学写近体诗,尤其是七律。

诗写得如何,暂不必说,但体会确实是有了。再读教授学者们古典诗歌的专著,就能看出作者是内行还是外行,看出同是内行,谁的底子更扎实。

　　学做旧诗,我的感觉,最好是先找一个和自己投契的大家,把他彻底吃透。这个大家的诗,也不必全部精读——当然能全读更好,只选有代表性的几十首上百首,细细揣摩,看他有了题目,如何下手。读罢首联,先不往下读,想一想,看他后面怎么接。读罢前三联,注意看他怎么收。律诗的中间两联,是两副对子,作者个个抖擞精神,争奇斗艳。讲究巧,讲究细,讲究工。起收往往是俗套。收则不仅俗套,还常常流于纤弱。如果他前面起得高,接得顺,展得开,你就要想该怎么收。然后看他和你所想是否一样。如果不同,看看谁更好。有一个大家做底子,后面就好办了,参以诸家,转益多师。学谁,不学谁,这和交朋友一样,总归要看和自己是否投缘。精熟一家的道理,会打仗的人说,伤敌十指不如断其一指,诗道亦然。一个人有自己的习惯,他的优点和缺点其实是一件事。有的诗人不断在变化,有时是因为没找好路,有时是为了扩大格局,自我丰富。变造成了什么结果,其中是否有误区,有弯路,只要你读熟了,是一眼就可以看出来的。再伟大的作家也有力不从心的地方,有局限,你能看出他的局限,他未竟的努力,你从中学到的比单单看到他的成功会更多。

有人写诗从宋诗入手，也有从清诗入手的。我自己，从唐诗入手。路径不同，所归同一。近体诗从宋诗开始，诗的织体较密。元诗返唐，比初唐盛唐更疏松。到清朝继续密，同光更密。从唐诗入，比较容易，虽然单纯，品格很高。然后分向两头追溯扩延。唐诗处在中间，往上向南北朝，向后有宋明清，脉络清晰。由清返宋返唐，圈子绕得大了些。关键是，近体诗，唐人在小技巧上，不如后人那么讲究，学起来相对简单，不会因为过于专注于技巧而忽略了境界。诗，和所有艺术作品一样，毕竟思想境界是第一位的。

七律这一体裁，王维是第一个大师，气势、个性、章法，都有了。作品虽然不多，开创之功，相当于爱伦·坡之于侦探小说。杜甫当然是集大成者。字法、句法、结构、气派，以及思想的缜密和深刻，感情的沉郁，风格的雄浑，色彩的鲜明，使事用典的方法，都得学。李义山是写心事的高手，不像老杜那么直接。小杜清新华丽而不浅薄，写得轻快，却又耐人寻味。关键是他志向高远，聪明，心中有傲气。但他的技法比较单纯。他人俊逸，诗也俊逸。纯是天分。

晚唐人感情细腻，描写亦然。老杜说的诗律细，用在他们身上最合适。温庭筠、韩偓、赵嘏、李群玉、韦庄、罗隐，都有自己的风格。如果说老杜是交响曲、钢琴协奏曲，他们则像是精致的奏鸣曲和室内乐,小而精美,而且缠绵。

七律句式的遒劲要学杜。用虚字,可从李商隐那里学。李诗的意思,从不直说,象征之外,还回环往复地绕着说,加上善用虚字,便觉委婉深曲,如同隔了帘幕。议论,王安石最大气。

王维李颀那一路,后来专门学的人不多,主要原因是没有明显的格式,不容易模仿。刘禹锡的七律很大气,但对后人影响也不明显。

黄庭坚把老杜的一部分夸大了,不必走这么远,走这么远是喧宾夺主。黄诗雄健硬倔,是男子汉的气概。以黄的技法,如果小,那就不成东西。但黄始终不小,到底是一大家。

二陈是杜诗正宗,陈与义尤其好。他有杜甫的雄浑和精练,有时比杜甫还精致,但深沉不如,局面当然更不如杜甫的博大。

金元人的七律,凡出大家之手的,都境界开阔,干脆利落,不拖泥带水。元好问的不同是吸取了苏黄的长处,又能上追杜甫,就深了。

王安石学问好,见识高,恃才负气,他的七律自是一流,但非常硬,很难学。"金陵怀古"一组,别人轻易不敢写。清之钱谦益,风格最像老杜,尤其是他学问深,不论写什么,都能所向披靡。他又有老杜少有的绮丽缠绵一面,显然从温李那里得益甚多。黄仲则专学义山,但过于纤弱,固然有生活的因素,但他格局小,病态,也是无法否认的。

近体诗中,五律最容易做,但易流于肤浅。要么学王维,言近意深,要么学杜甫,炼字炼句。中晚唐七律做不好的,全都去做五律了。宋人五律,荆公做得最好。

绝句其实是比律难的,写容易,写好不容易。因为短,不容作者竹筒倒豆子似的说得痛快。意思要超逸,要有余韵,字句要节制,这有多难。杜甫做排律,做长篇的五古,都那么潇洒,偏偏绝句做不好,只好另开一路,写"漫兴体"。绝句的发展,可以对比一下盛唐大家李白王维王昌龄和中晚唐李商隐杜牧等的不同。

我喜欢写绝句,但奇怪的是,一写就写成了一组。细想原因,恐怕不单纯是要说的话多,一首里不足表达,而是没本事把一首绝句写得神完气足。一首诗戳在那儿,唯恐站不稳,只好多写几首,相互照应。单打不行,求之群殴,是很无可奈何的。

至今不敢做古体诗,原因在于对于魏晋南北朝各家,还读得太少。唐人《文选》烂熟,五古做得好的很多,七古做得好的,就少了。

2011 年

敦煌的李白诗

　　读黄永武《敦煌的唐诗》。敦煌所出的唐人抄本,有李白诗四十三首。黄先生说,这些李诗的价值,不在辑佚,因为所抄各篇,都在本集。异文多,价值在校勘。其他诗人如丘为、李昂、王昌龄,都有整首的佚诗,这很能说明李白在唐代受欢迎的程度,人人传抄,所以没有散佚。相形之下,杜诗就没有抄本。除了杜甫在当时,名气远远没有后世那么大,另外一个原因,是他的诗比较高端,非一般民众所能欣赏。

　　《蜀道难》是最早背熟的李诗,对照敦煌抄本,异文很多,非常有意思。有些后人的修改,对照抄本,一目了然:

　　上有六龙回日之高标,下有冲波逆折之回川。抄本作:上有横河断海之浮云,下有衔波逆折之回川。冲波逆折,是句中自对,六龙回日则不然。抄本作横河断海,这就对得极为精密了。此外,高标也不如抄本的浮云来得明白。

雄飞雌从绕林间。抄本作:雄飞从雌绕花间。花间不一定比林间好,若是蝴蝶蜜蜂,当然是花间,这里是鸟,前一句又是"但见悲鸟号古木",所以林间更合理。鸟飞,如果是春暖花开之日,雄从雌很符合真实情景。雌从,意思全部反过来了。若是悲鸟,雌从雄也对。这两种版本,各自都能成立,不知究竟李白原意如何。有一点是肯定的:如果是雌从,则一定是花间。

锦城虽云乐,不如早还家。这两句抄本中没有。估计是漏抄。黄先生认为,没有这两句,语气更峻急,诗意若是涉及明皇幸蜀,这两句讽刺未免太狠。其实《蜀道难》本是乐府旧题,李白年轻时作此,有逞才之意,故全诗扣题,极力渲染。这两句对于前面的百般形容蜀道之艰险,是一个总结。下面重复"蜀道之难,难于上青天",一句即收,余音袅袅,又干净爽利。这两句是绝不可缺的。唐人论当朝之事,说话尺度很大,李诗这两句,比起"寿王沉醉薛王醒",比起"如何四纪为天子,不及卢家有莫愁",比起"汉皇重色思倾国",根本不算回事。

著名的《将进酒》,抄本作《惜尊空》,黄先生引《文苑英华》:"一作惜空酒。"《惜尊空》作曲名极好,不像后人能编造出来的。看诗的意思，还是《将进酒》更切合。黄先生以为是把两个不同的题目弄混了。这首诗的异文也可订正通行的文本：

君不见高堂明镜悲白发，朝如青丝暮成雪。抄本作：君不见床头明镜悲白发，朝如青云暮成雪。黄以为床头照镜更合情理。青云在修辞上比青丝好。因为头发本来就是丝。另外，古人最爱以云形容头发的浓密和柔软，如鬓云，一编香丝云撒地。

钟鼓馔玉不足贵。抄本作：钟鼓玉帛不足贵。黄先生说，这是一看就知道通行本错了的。歌唱宴饮的诗，怎么会说正在吃的食物不足贵，岂不自相矛盾？我也觉得抄本正确，但原因不是黄先生说的，而是因为，钟鼓是个并列词组，两样东西，用玉帛来对才工整。

古来圣贤皆寂寞。这里作"皆死尽"。很可能是后人嫌"死尽"不够雅而改过的。当然也有可能是抄写者嫌"寂寞"太文气，改为更明白的"死尽"，这种情形，如无文献佐证，很难判断是非。古代诗作，有精雅超出今人估计的，也有相反的情形。民间抄写，常把难懂的地方，用僻典僻字的地方，改为较通俗的说法。明清以来的民间文本，包括民俗物件上的，戏剧里的，都有这样的例子。但如经过诗人文士的传抄,则很可能把字句改得更雅正,近体诗失律的地方也会改正过来。

《月下独酌》,抄本作《月下对影独酌》。黄先生说,"天若不爱酒"这一部分,胡震亨认为是宋人马子才所作。唐人抄本出,其说不攻自破。

历来都认为李白诗有伪作混入,唐代那位崇拜李白而改名李赤的,是较早而相当出名的作案者,苏轼等人更明确指出《笑矣乎》诸篇出自李赤之手。虽然无明确证据,但很投合热爱李诗者的心思,因为这几首诗确是很拙劣的作品。至于龚自珍说现存李白诗十之二三是伪作,自然是才子大言,当不得真的。

2013 年 6 月 20 日

给杜甫挑错

刘师培《论文杂记》有一条,说孟子早就讲过,"不以文害辞,不以辞害志。"可是他读秦汉以后的诗文,以文害辞者比比皆是。他举了几个例子:一、江淹《恨赋》:"孤臣危涕,孽子坠心";二、老杜:"香稻啄余鹦鹉粒,碧梧栖老凤凰枝";三、白居易:"鬓雪千茎父六旬";四、老杜:"白头搔更短,浑欲不胜簪。"

江淹文句,他说正常的说法,该是"危心"和"坠涕";白居易,他说"旬"字本意是十天,不该当作十年(现在已被广泛接受了)。老杜的两例,"香稻"一联,把"鹦鹉啄余香稻粒,凤凰栖老碧梧枝"中的主宾颠倒过来,造成峭劲的效果,本是老杜的惯技,虽然放在今天的中小学里一定会被老师打叉,确实没什么可批评的。"白头"这一句,细究起来,有毛病。刘师培说:"夫白发可言长短,今易白发为白头则属不同。"头怎么可能越搔越短呢？社科院文研所的《唐诗选》，此处不多解释，只说"白头实指白发"。想来老杜的原句，应是"白发搔更短"，但"发"字仄声，不合格律，又不能救，只好轻骑过关，来个"留头不留发"。局部借代全体，如"帆"代替"船"，"羽"代替"鸟"，都是允许的。不过这里说头越搔越短，毕竟听起来有些滑稽。

老杜是古诗的宗匠，一般人真不敢给他挑毛病。这情形和鲁迅一样。鲁迅写文章，引用古诗文有张冠李戴的，本来就是错了，但文集的注释，不说错，总说"误记"、"笔误"，尽管"误"就是错，但那意思，是说他本来知道，只是不小心写错了，略等于没错。当然老杜除了写得好，又是特别认真的人，找他的错真是不容易。刘师培之外，钱钟书《管锥编·楚辞洪兴祖补注二》中也有一例："此类盖文中之情节不贯，犹思辩之堕自相矛盾，则病在心腹者矣。匹似杜甫《游何将军山林》：'红绽雨肥梅。'姚旅《露书》卷三驳之曰：'梅花能绽，梅子不能绽，今初夏言绽，则好新之过。'是乖违外物之疵也。白居易《缭绫》：'中有文章又奇绝，地铺白烟花簇雪。织者何人衣者谁？越溪寒女汉宫姬。去年中使宣口敕，天上取样人间织。织为云外秋雁行，染作江南春水色。'一绫也，色似白复似碧，文为花忽为鸟。"

对白诗的批评,钱先生大概把自己绕进去了。越溪寒女织出的,未必只是一缕,花色不同,有什么可奇怪的。有人说,织出是白的,再染成淡绿色,似乎也有道理。这且不多说。杜诗中的梅子,后来成为有名的公案。有说梅指梅花的,有说梅指梅子的,还有说梅指杨梅的。指梅花当然太离谱,指杨梅也扯得太远。姚旅的批评,钱先生大概是认可的。绽的意思是开,花能绽开,梅子当然不能绽开,除非像人挨打,被打得皮开肉绽。但杜诗此处,绽字紧跟在"红"字之后,则绽出一点或一片红色,未为不可。中国古诗句法灵活,看似不通的,有时反而意思特别好。"红绽雨肥梅",其实就是"雨肥之梅绽红"。试把这句诗变成白话:丰肥的梅子在雨中绽放出鲜艳的红色。挺美!姚氏的话,只有一半道理。

姚旅《露书》在《管锥编》中屡屡出现,《太平广记》卷二〇二,谈及历代妄人詈骂屈原,也举了《露书》卷六一条:"屈原宜放,马迁宜腐。《传》曰:'吉人之词寡,躁人之词多';观其《经》,观其《书》,不亦然乎!"钱先生说:"明人常有此等狷恶议论。"《管锥编》这一条所列举的刘献之和田艺蘅的话,也都是无心肝者才说得出的。

妄人议论,因为信口开河,无所顾忌,常常匪夷所思,

126

若论"尖新",常人自然难出其右。学者征引,以资谈助,俗人则以为千古奇论,众口纷传,当作宝贝了。

2013 年 6 月

光黄异人

　　我的家乡光山,古时属光州。旅游经济兴起,要拉名人做号召,光山想得出来的,只有一个司马光。几年时间,司马光大道,司马光宾馆,该有的都有了。可是司马光虽然名气够大,却是山西人。只因他父亲司马池在光山做县令,生了这位未来的大史学家,才以光做了名字。在光山的生活,大概没有对他产生很多影响。他的笔记取名《涑水记闻》,涑水在陕州夏县。司马温公在光山长到七岁,留下一段佳话:砸缸。我上学时,砸缸是流行的题材,用过的文具盒上,画的就是砸缸故事。

　　司马光学问道德都好,但我对他不觉得亲近。他虽非道学家, 却也是相信自己一贯正确的人。对所反对的事,赶尽杀绝,不留余地。我觉得有胸襟的人,必能容让,乐于求同存异,听得进反对意见,不搞黑白两分法,不认为天下乌鸦一般黑。也就是说,从不觉得自己在道义上一定高人一等。我忠君为国,别人未必不是如此。苏轼是第一等好脾气的人,也被他气得要死,叫他"司马牛"。

东坡先生也和光山有关系。县城南部的名刹净居寺,保留着一块东坡诗碑,以前以为是清人补刻,现在知道是明朝的。上中学时,曾和几位同学结伴去探查过。那年头,净居寺养在深闺人未识,四周茶场和农地,鸡鸣牛眠,一片太平岁月的田园气氛。寺里没有和尚,没有文管会,更没有游客。院子里住的,都是茶场的工作人员。殿门不锁,有人来,自己随便看。大白天,清静得很,虽说没按文物保护,倒不脏乱。碑上东坡那首《游净居寺》的五古,读不太懂,觉得不放心,怕是民间常有的讹传。直到在他的诗集中查到,才相信不是本地的匠人乱刻的:

十载游名山,自制山中衣。愿言毕婚嫁,携手老翠微。

不悟俗缘在,失身蹈危机。刑名非夙学,陷井损积威。

遂恐生死隔,永与云山违。今日复何日,芒鞋自轻飞。

稽首两足尊,举头双涕挥。灵山会未散,八部犹光辉。

愿从二圣往,一洗千劫非。徘徊竹溪月,空翠摇烟霏。

钟声自送客,出谷犹依依。回首吾家山,岁晚将焉归。

苏轼在诗序中讲了净居寺的来历,一个很传奇的掌故:"净居寺,在光山县南四十里大苏山之南、小苏山之北。寺僧居仁为余言:齐天保中,僧思惠过此,见父老,问其姓,曰苏氏,又得二山名。乃叹曰:吾师告我,遇三苏则住。遂留结庵。而父老竟无有,盖山神也。其后僧智颛见思于此山而得法焉,则世所谓思大和尚智者大师是也。唐神龙中,道岸禅师始建寺于其地。广明庚子之乱,寺废于兵火,至乾兴中乃复,而赐名曰梵天云。"

思大和尚,就是中土佛教史上大名鼎鼎的慧思,天台宗的三祖。

巧合的是,三苏之后,还有东坡这第四苏。

净居寺此后几经兵燹,现存的建筑,据说是清朝重修的。牌匾上的四个字:"夜以是居",不知如今还在否。

130

东坡写过一篇有名的散文——《方山子传》，那上面说，"光黄之间多异人，往往阳狂垢污"。文中的方山子陈季常，是他老上司的儿子，后来成为他的好友。

陈季常在历史上有名，乃是因为他怕老婆。有个河东狮吼的典故，就出在他身上。他太太姓柳，柳氏的郡望正是河东，故被称为河东狮子。朋友之间，拿这事开玩笑，并不忌讳。苏轼写过一首人所熟知的诗："龙丘居士亦可怜，谈空说有夜不眠。忽闻河东狮子吼，拄杖落手心茫然。"

黄庭坚在致季常的信中多次提到柳夫人，对处于柳氏淫威之下的老友表示关心："公暮年来想渐求清净之乐，姬媵无新进矣，柳夫人比何所念以致疾邪？"

另一封信说："承谕老境情味，法当如此，所苦既不妨游观山川，自可损药石，调护起居饮食而已。河东夫人亦能哀怜老大。一任放不解事邪？"（《容斋三笔》）

陈季常家住岐亭，在如今的湖北麻城，是光山的近邻。红军时期，曾有"光麻起义"。我十七岁离家，去武汉上学，坐吉普车，首先经过麻城。丘山重重，很闭塞的样子。

光州的州治在四十里外的潢川，南宋时属于淮南道，算得上重镇。光山周初是个很小的诸侯国，叫弦国，早早为楚所灭，说起来我也能算楚人。潢川则是黄国，黄姓的

131

发源地。我集古钱币,甚爱宋钱。光州设有造币厂,叫作光州定城监,所铸的铁钱,背后标明"光"字或"定"字。定城监的钱币留存下来的不多,这么多年,也没觅到一枚。就大类而言,南宋铁钱的铸母多半已有发现,而定城监的铁母,至今芳踪杳然。

县志上说,城郊胡氏,是本地的大族,有清一代,出了几位官僚。我读清人笔记,倒也记住了一位胡家的人物,就是做过知府、玩古钱的胡义赞(石查)。胡知府玩钱玩出了名,仕途上不求上进,一门心思不务正业。他和当时知名的泉家都有来往,和一位名叫高焕文的钱币商关系尤为密切。两人合伙做假钱,骗得众多大收藏家团团转。这事在今天看,挺不地道的,因为两人的目的,只在赚钱。若是开开玩笑,倒也罢了。高焕文写了一本《癖钱臆谈》,很得意地吹嘘。胡义赞也不在乎,在书上加了很多批语,补其语焉不详的地方,得意的程度不下于高老板。前几年有同好来信,提及胡知府,说是"贵乡"的"乡贤"。我对这两位宝贝,没有太多好感。

光山物产丰富,鱼米之乡,夏天够热,冬天够冷,山出好茶,水多菱藕,这么好的自然条件,人文却一点也不荟萃。读清人编的县志,人物志里一色的小官僚,以品级为

132

取舍标准。没有诗人,没有散文家,也没有画家和书法家。二十世纪的新县志,情形依旧。

2009 年 3 月 15 日

苏黄和陶渊明

　　东坡被贬岭南，深爱陶渊明和柳宗元。东坡读陶，盖在自遣；读柳，则有同病相怜之感。柳州作文，风格劲峭，做诗则幽寒之外，复又哀婉。柳宗元和刘禹锡因参加二王变法而同遭放逐，处境相同，精神相契。东坡和陶不和柳，是因性情相差有远近。然而东坡之和陶，与陶诗面貌近似，气质有别。东坡豁达，而渊明有怨愤；东坡随和，渊明倔强。陶诗率性而作，似淡而腴，东坡和诗则淡而略枯，盖陶诗并非东坡的风格，虽心仪而效仿，毕竟有隔膜。东坡的长处，实不在他称道他人的恬淡，而在于胸襟宽广，博学多识，有才气，有想象，潇洒空灵，又能十分深婉——这是真正的旷达。黄庭坚最知东坡，亦知渊明，《书陶渊明诗后寄王吉老》云："血气方刚时，读此诗如嚼枯木。及绵历世事，知决定无所用知，每观此篇，如渴而饮泉，如欲寐得啜茗，如饥啖

134

汤饼。今人亦有能同味者乎？但恐嚼不破耳。"嚼破，不靠天分，一小半靠性情，一大半靠经历。东坡一生若都是个晏殊，或欧阳修，他未必就这么喜欢陶渊明，也未必会去和陶诗。黄庭坚晚年经历，和东坡近似，才有此语。他承认年轻时读不进陶诗，乃是大实话。

黄庭坚说：东坡在扬州《和饮酒诗》只是"如己所作"。至惠州，《和田园诗》"乃与渊明无异"。艺术乃至人生的某种境界，火候不足，苦求而不能达；火候足了，不求自至。

黄庭坚《跋子瞻和陶诗》："子瞻谪岭南，时宰欲杀之。饱吃惠州饭，细和渊明诗。彭泽千载人，东坡百世士。出处虽不同，风味乃相似。"作于坡公仙逝之后，字字大白话，如信口而出，其中一往情深，可与杜甫怀李白诸诗相比，技巧精深，却不见痕迹，故高不可攀。

风味相似，是说品格之高相似，不是说诗风相似，或性情完全相似。

东坡说陶诗"质而实绮，癯而实腴"，八字定论，众所周知。黄庭坚也有几处说陶诗的话，大意是，陶诗无雕琢之痕，似稚拙而极自然，而能有气骨。阮籍的胸襟不如他，谢灵运庾信工于锤炼，也不如他："《饮酒》诗：'衰荣无定在，彼此更共之。邵生瓜田中,宁似东陵时?寒暑有代谢,人道每如兹。达人解其会,誓将不复疑。忽与一觞酒,日夕欢相持。'渊明此诗,乃知阮嗣宗当敛衽,何况鲍谢诸子耶?诗中不见斧斤,而磊落清壮,惟陶能之。

"宁律不谐,而不使句弱;宁字不工,而不使语俗。此庾开府之所长也,然有意于为诗也。至于渊明,则所谓不烦绳削而自合者。虽然,巧于斧斤者,多疑其拙;窘于检括者,辄病其放。孔子曰:'宁武子其智可及也,其愚不可及也。'渊明之拙与放,岂可与不知者道哉?道人曰:'如我按指,海印发光。汝暂举心,尘劳先起。'说者曰:'若以法眼观,无俗不真;若以世眼观,无真不俗。'渊明之诗,要当与一丘一壑者共之耳。

"谢康乐、庾兰成之于诗,炉锤之功不遗力也。然陶彭泽之墙数仞,谢庾未能窥其仿佛者,何哉?盖二子有意于俗人赞毁其不拙,渊明直寄焉耳。"

最后这一条,以有意和无意来区分三家的高下,只是一个说法。在意世人对自己作品的评价,希望世人珍爱自己的作品,这是人之常情,谁都不能免,也无可厚非。陶渊明未必无意于俗人的赞毁,他说"辄题数句自娱",是矜持的话。做诗固然是乐趣,偶得妙句,总不成一个人躲在书斋里，颠来倒去地吟哦，自己一个劲地叫好。陶渊明写诗，也不是不赠人的。"知音如不赏，归卧故山秋"，贾岛肯定是太迫切了，但知音对于每个作者，必不可少。在意他人的好恶，情理中事，只要不"在意"到趋时媚俗的地步就好。

陶诗与黄诗迥不相类，与苏诗亦然，然东坡赞陶诗丰腴，山谷赞陶诗不见斧斤，是诗人之言，也是学者之言。诗人而兼学者不多，诗与学问都好的，更为少见。所以苏黄能深识渊明好处。识其好处，不一定非要追随其风格；即使追随，不一定非求相似。风格不同，不学风格，学其精神。人吃鸡肉，不变成鸡，吃牛肉，不变成牛。俗人学习，便只是规模其表，吃鸡而自己变成鸡，吃牛而自己变成牛。

老杜得益于庾信最多，韦柳得益于大谢最多。山谷学杜，不满兰成，大概也是尊题之言吧。其实大谢和兰成都自有佳处。

说陶诗难学，引孔子"愚不可及"的话，再真切不过。

赵翼说，"香山诗恬淡闲适之趣，多得之于陶韦。其《自吟拙什》云：'时时自吟咏，吟罢有所思。苏州及彭泽，与我不同时。此外复谁爱？惟有元微之。'又《题浔阳楼》云：'常爱陶彭泽，文思何高玄。又怪韦苏州，诗情亦清闲。'此可以观其趣向所在也。晚年自适其适，但道其意所欲言，无一雕饰，实得力于二公耳。"白居易的情形，可以和苏黄二公参照。白诗得力于陶的地方，也是生活的态度。白居易的诗风和陶诗，也是相差很远。

东坡极爱白居易，东坡之号便得名于白居易的诗，他和陶诗也是从白居易那里受到的启发。白居易作有《效陶潜体诗十六首》。其中第二首："朝饮一杯酒，冥心合元化。兀然无所思，日高尚闲卧。暮读一卷书，会意如嘉话。欣然有所遇，夜深犹独坐。又得琴上趣，安弦有余暇。复多诗中狂，下笔不能罢。唯兹三四事，持用度昼夜。所以阴雨中，经旬不出舍。始悟独往人，心安时亦过。"

对比之下就能看出，东坡的和陶诗，文字风格上是更接近白居易的。

赵翼指出白诗恬淡的原因，在于白居易"出身贫寒，故易于知足。"他举了一些例子："少年时《西归》一首云：'马瘦衣裳破，别家来二年。忆归复愁归，归无一囊钱。'《朱陈村》诗云：'忆昨旅游初，迨今十五春。孤舟三适楚，羸马四经秦。昼行有饥色，夜寝无安魂。'可见其少时奔走衣食之苦矣。故自登科第，入仕途，所至安之，无不足之意。由京兆户曹参军丁母忧，退居渭上村云：'新屋五六间，古槐八九树。'已若稍有宁宇。江州司马虽以谪去,然《种樱桃》诗云:'上佐近来多五考,少应四度见花开。'忠州刺史虽远恶地,然《种桃杏》诗云:'忠州且作三年计,种杏栽桃拟待花。'是所至即以为数年为期,未尝求速化。自忠州归朝,买宅于于新昌里,虽湫隘,而有《小园》诗云:'门闾堪作盖,堂室可铺筵。'已觉自适。及刺杭州归,有余赀,又买东都履道里杨凭宅,有林园池馆之胜,遂有终焉之志。寻授苏州刺史,一年即病免归,授刑部侍郎,不久又病免归,除河南尹,三年又病免归,除同州刺史,亦称病不拜,皆为此居也。直至加太子少傅,以刑部尚书致仕,始终不出洛阳一步。"结论是:"可见其苟合苟完,所志有限,实由于食贫居贱之有素;汔可小康,即处之泰然,不复求多也。"

但东坡和陶渊明的契合,还有另一层意思。这也是前人如朱熹等早已点出的,陶渊明其实是个大有雄心壮志的人,也是个性格刚强骄傲的人。朱熹说他"负气",这和鲁迅称慕的魏晋作家的"师心使气"意思是一样的。陶潜和阮籍师心使气,只是风格不同罢了。朱熹举了陶诗咏荆轲的例子。更婉曲的例子还有。比如陶渊明在《五柳先生传》里说自己"好读书,不求甚解"。这"不求甚解",便是极自负的话,和老杜的"读书难字过"不同。

东坡两兄弟，弟弟苏辙的性格更稳重简淡，东坡则有才子气，精芒难掩。父亲苏洵早看出了这一点，在《名二子书》里说："轼乎，吾惧汝之不外饰也。天下之车莫不由辙，而言车之功者，辙不与焉。虽然，车仆马毙，而患亦不及辙，是辙者，善处乎祸福之间也。辙乎，吾知免矣。"从性情上讲，苏辙更似白居易，诗风也当如此。但说到陶诗的丰腴和奇气，那就相反，东坡比白居易和苏辙更接近陶渊明。

《侯鲭录》里提到东坡关于平淡的一段论述，有助于理解华丽和平淡的关系。东坡文字本是极华丽的，不过华丽得如朱熹所云，"看不出"："苏二处见东坡先生与其书云：'二郎侄，得书知安，并议论可喜，书字亦进，文字亦若无难处。止有一事与汝说：凡文字，少小时须令气象峥嵘，采色绚烂，渐老渐熟，乃造平淡。其实不是平淡，绚烂之极也。汝只见爷伯而今平淡，一向只学此样，何不取旧日应举时文字看，高下抑扬，如龙蛇捉不住。当且学此。只书字亦然。善思吾言。'云云。此一帖乃斯文之秘，学者宜深味之。"

今人动辄说平淡，说自然，有几个知道平淡自然是什么意思？空无一物的大白话就是平淡，不经过脑子的话就是自然？华丽和平淡的关系，东坡此处说得何等透彻。没经过华丽,不懂得华丽是怎么一回事,有何资格说平淡?由华丽渐转为平淡,平淡才如醇酒,经得起回味。

欧阳修有两句词,王国维赞赏不已:"直须看尽洛城花,始共春风容易别。"要害在"看尽"二字。看尽,你才容易。

2013 年 5 月 30 日

东坡自题画像

东坡《自题金山画像》:"心似已灰之木,身如不系之舟。问汝平生功业,黄州惠州儋州。"像为李公麟所作。东坡自海南北归,途经润州,游金山寺,见像有感,写下此诗。两个月后,即病逝常州。这首诗是东坡对自己后半生遭遇自嘲性的总结,包含了无限的愤惋和无奈。身不由己,而心无挂碍,诗中表明的这种悟道似的人生态度,又相当于给后人的遗言。鲁迅的遗嘱,看透世相,不抱幻想,其中有一条:别人应许给你的事物,不可当真。沈从文临终时说:我对这个世界没有什么好说的。时隔近千年或几十年,我得到的是相同的感受。

杨万里《诚斋诗话》记录了此诗的另一版本:"予过金山,见妙高台上挂东坡像,有东坡亲笔自赞云:'目若新生之犊,身如不系之舟。试问平生功业,黄州惠州崖州。'"后两句文字小异,问题不大。区别在第一句。心如死灰,典出庄子《齐物论》:"形固可以使如槁木,而心固可使如死灰乎。"说的是不动心,不是今天习用的灰心绝望的意思。"目若新生之犊",也是庄子中的典故,出自《知北游》:"啮缺问道乎被衣,被衣曰:'若正汝形,一汝视,天和将至;摄汝知,一汝度,神将来舍。德将为汝美,道将为汝居。汝瞳焉如新生之犊而无求其故。'"成玄英的解释,瞳焉,是无知直视之貌;故,事也。汝瞳焉这一句的意思是:"心既虚夷,视亦平直,故如新生之犊,于事无求也。"宋人林希逸说,新生的牛犊,茫然无知,视物无心,视若无视。心中空静,无是非分别,无喜怒哀乐。古人常以童蒙无知形容得道后的纯粹。所以新生之犊和已灰之木,是一件事的两种比喻。《齐物论》那一段讲南郭子綦"隐机而坐,仰天而嘘,苔焉似丧其耦",引起弟子颜成子游"形如槁木,心如死灰"的问话。《知北游》这一段,后文说:"言未卒,啮缺睡寐。被衣大说,行歌而去之,曰:'形若槁骸,心若死灰,真其实知,不以故自持。媒媒晦晦,无心而不可与谋。彼何人哉。'"也用了"槁骸"和"死灰"的字眼。可见东坡诗不同的两句,意思全然一样。《诚斋诗话》的记载,显然有根据,也许是东坡的初稿。通行本以心身相对,比杨本的身目相对显然好

143

得多，因为目毕竟还是身的一部分，而身心如同西人挂在嘴边的灵与肉，正是人的两极。另外，就文字而言，"心似已灰之木"比"目若新生之犊"更平易，更好懂。"试问平生功业"，"试问"二字，犹带火气，换成"问汝"，则平和多了。

明人俞弁《逸老堂诗话》中有一则，比较东坡、山谷及诚斋等人的自赞，引用的便是杨万里的版本。山谷的自赞云："似僧有发，似俗无尘。做梦中梦，见身外身。"苏黄境遇相似，自赞表露的心境亦相似。不过在表面上，黄庭坚以佛家思想为依归，表现得更超逸，否定得更彻底。

东坡生前最后一首诗，据《王直方诗话》，是在常州逝世前数日，梦中所做，赠与友人朱服："东坡将亡前数日，梦中做一诗寄朱行中云：'舜不作六器，谁知贵玙璠？哀哉楚狂士，抱璞号空山。相如起睨柱，投璧相与还。何如郑子产，有礼国自闲。虽微韩宣子，鄙夫亦辞环。至今不贪宝，凛然照尘寰。'觉而记之，自不晓所谓，东坡绝笔也。"所谓"自不晓所谓"，朱弁《风月堂诗话》认为是东坡北还到广州，"闻行中到广，士大夫颇以廉洁少之"，作为朋友，很想劝诫他，"不欲正言其事，聊假梦以讽之耳。其后行中果以此免。"录完这首诗，东坡又在纸尾题写道："梦中得此诗，自不晓其意。今写以奉寄，梦中分明用此色纸也。"

144

李公麟不仅为东坡画过像,也为王安石画过像。北宋两位最伟大的诗人,音容笑貌,同在这位伟大画家的笔下再现,何其幸运。然而可惜的是,苏王的画像,都未能传到今天。

2014 年 1 月 30 日

荆公诗记

宗白华和荆公

宗白华诗:"飙风天际来,绿压群峰暝。云罅漏夕晖,光泻一川冷。悠悠白鹭飞,淡淡孤霞迥。系缆月华生,万象浴清影。"境界直追韦柳。初读之下,颇疑出自唐人。荆公晚年五言,不在唐人之下,《独卧有怀》:"午鸠鸣春阴,独卧林壑静。微云过一雨,淅沥生晚听。红绿纷在眠,流芳与时竞。有怀无与言,伫立锺山暝。"这一首,或是宗先生所本。仄韵五言诗给人恬淡和清冷之感。韩公亦很擅长,但韩公峭拔,与诸公不同。

悟真院诗

荆公《悟真院》,绝句而写出极开阔的境界,古今诗中,罕有伦比。前苏联导演塔科夫斯基的镜头,展现景物,个

146

性鲜明,我们甚至可以这样描述一处风景,说它是塔科夫斯基式的。

"野水纵横漱屋除,午窗残梦鸟相呼。春风日日吹香草,山北山南路欲无。"正是电影《镜子》著名的开头。

荆公晚年诗

荆公晚年的诗,极有情趣,特别是五律和七绝。他的七绝工整而比较严肃,但十分大气。袁枚不喜荆公的政见,故说他没情趣,不可信。袁枚大约没通读过王的诗集。虽然他能诗,关于荆公的议论,却都是外行话。

他的《北山》诗:"北山输绿涨横陂,直堑回塘滟滟时,细数落花因坐久,缓寻芳草得归迟。"后两句,有人以欧阳修的"静爱竹时来野寺,独寻春偶过溪桥"来做对比,说"皆状闲适,而王为工"。这是对的。欧诗之短,正在不够工,非独此诗。荆公诗自王维"兴阑啼鸟换,坐久落花多"化来。钱钟书指为"巧取豪夺",其实不然。二诗心境不同。荆公不是作一般"引申",他诗中的主客观关系与王维诗正相反。

黄庭坚说:"荆公暮年做小诗,雅丽清绝,脱去流俗,每讽味之,便觉沉濯生牙颊间。苕溪渔隐曰:荆公小诗如'南浦随花去,回舟路已迷。暗香无觅处,日落画桥西。''染云

147

为柳叶,剪水作梨花。不是春风巧,何缘见岁华。''檐日阴阴转,床风细细吹。翛然残午梦,何许一黄鹂。''蒲叶清浅水,杏花和腰风。地偏缘底绿,人老为谁红。''爱此江边好,留连至日斜。眠分兰渡草,坐占白鸥沙。''日净山如染,风喧草欲熏。梅残数点雪,麦涨一川云。'观此数诗,真可使人一唱而三叹也。"

五绝较七绝更难。荆公五绝到此地步,盛唐高手除了李白和王孟,谁可匹敌?

院落深沉杏花雨

李颀《古今诗话》:"舒王云:'梨花一枝春带雨','桃花乱落如红雨','珠帘暮卷西山雨',皆警句也。然终不若'院落深沉杏花雨'为佳,言尽而意不尽也。"

尤侗认为,王安石所举的"院落深沉"一句,"未见其胜于前也"。直是不懂诗的人说的话。若说"言雨",前三句都不是。白居易和李贺的诗,是形容花的,白诗更以花喻人。王勃以"西山雨"对"南浦云",其意也不在说云雨。只有荆公的一例,是说雨的韵致。雨和杏花联系在一起,似是宋人的偏爱,名句最多,如"杏花消息雨声中","杏花微雨下重帘","小楼一夜听春雨,深巷明朝卖杏花"。"院落深沉杏花雨"不知何人所作,有人举出唐人潘佑《失题》中的"谁家旧宅春无主,深院帘垂杏花雨"。意境近似。若是宋人所作,或是由此化出。

韩国人学汉诗,偏爱这一路,名句甚多。《池北偶谈》自《朝鲜采风录》中摘诗数十首,其中有金净《江南春思》诗:"江南残梦日恹恹,愁逐年华日日添。双燕来时春欲暮,杏花微雨下重帘。""杏花微雨"一句,不亚于"院落深沉"。

丽与骨

据说欧公不喜杜诗,荆公不喜李白,东坡喜《汉书》而不喜《史记》,后人叹为遗憾,又觉不解。看来宋人很有点意气用事。欧公不喜老杜,难说没受老杜影响。荆公身上看不到李白的影子,倒是真的。迅翁旧诗最有骨力,偏以清辞丽句出之,如这一首,《悼丁玲》:"如磐夜气压重楼,剪柳春风导九秋。瑶瑟凝尘清怨绝,可怜无女耀高丘。"晚唐风格而具盛唐气象,至为难得,在李商隐那里偶尔一见。荆公古体诗也是大家,我觉得他的七古胜过五古。李杜七古都是唐人中的白眉,然而风格迥异,李白开张,杜甫谨严。荆公七古,是杜甫一路,不像欧阳修和陆游,都带李白的影子。与杜甫些微的不同,在荆公并不沉郁,而是雄壮。

荆公是自信到家的人,杜甫哀苦。

韩公和荆公

人不管有多么清醒的自我意识,超越不了自身的局限。我们不知道庄子年轻时经历过什么,但他后来追求逍遥,是早期经验的必然结果。

荆公晚年,个人几无欲求,他先有诗,说是终老山林,与龟鱼做主人。后来再写,说不与龟鱼做主人。他反对役人,这种仁义,至于及于动物。

他写给吕惠卿的那封信,和东坡回章援的信,还有胡适答苏雪林谈及鲁迅的信,都显示了君子的博大胸怀。

欺骗如能带来一时的愉悦,付出一定的代价也是值得的。但终归要清醒。韩愈是倔脾气,也是硬骨头。韩诗尤其大气。

荆公七律对联

2011 年夏天回北京,携归李璧《王荆文公诗笺注》三册,两年里反复阅读,多有所得。以前图书馆有周锡𫐐编注的《王安石诗选》一小册,选诗不多,注释很好,读得烂熟。读全集的好处自不待言,有些诗,未必是名作,却可以使我们借以深入作者的内心,或了解他们的日常生活,这是在文学史甚至传记中都不容易看到的。年底发微博,摘得七律四联,以为恍若今日心境之写照:

> 空花根蒂难寻摘,梦境烟尘费扫除。
> 泣鱼已悔他年事,搏虎方收末路身。
> 轩轾已任人前后,揭厉安知世浅深。
> 隐几自怜居丧我,倨堂谁觉似非人。

2013年春节前,托人带《不存在的贝克特》一书给周达兄,扉页上就抄了荆公一联:"青眼坐倾新岁酒,白头追诵少年文。"

近日赠送新书给王鼎钧、宣树铮、王渝三先生,这次破例,除了签名,各抄两句诗。给宣老师,用自己的:"蕉中鹿覆他年梦,雨后衣疑见在身。"给鼎公,抄荆公的:"胜践肯论山在险,冥搜欲与海争深。"给王渝女士,抄荆公的:"残年意象偏多感,回首风尘更异乡。"

荆公喜用"冥搜"和"幽寻"。"残年"一联,出自《宿土坊驿寄孔世长》。读诗常能读到这么贴心的句子,题于《一池疏影落寒花》上,对应书中情绪,没有比这更切合的了。

菽子王安石纪念馆感赋

南昌菽子兄作《临川王安石纪念馆感赋》:

> 半山天外来,雨扫蓊郁竹。铁貌拗以严,客子敛衽肃。思彼天水朝,巨木撑疲俗。迅雷新法开,掣肘自心腹。诸党皆未谐,敢论三不足。回舟挑灯时,谁与分影独。今世复何世,公起能一卜?龟镜尚难明,国士真可哭。低首为流连,满地红踯躅。

荆公变法,无才可用,最可惋叹。历代评说,妄言为多,或出于无知,或出于误解。王夫之《宋论》对于荆公,人云亦云,亦甚可叹。唯颜元数百字论述,最为痛快。荆公为人大气,不拘小节,不怨天尤人,孔孟所谓君子志士是也。如《送李璋下第诗》:

> 学如吾子何忧失,命属天公不可猜。
> 意气未宜轻感慨,文章尤忌数悲哀。

还有《北窗》：

> 病与衰期每强扶，鸡瘫桔梗亦时须。
> 空花根蒂难寻摘，梦境烟尘费扫除。
> 耆域药囊真妄有，轩辕经匮或元无。
> 北窗枕上春风暖，漫读毗耶数卷书。

　　或因近来衰颓过甚，颔联两句，读之心有戚戚。"梦境烟尘"，便顺手拈来，作为 2011 年编选、2012 年出版的自选集的书名。话说出来了，文章写出来了，情绪有了安置，烟尘纷纷，虽然不能尽除，总是扫却一星半点的了。

2013 年

一得之乐

钱钟书读《太平广记》,读到狐狸头戴髑髅拜月,举了几个例子后, 说到自己读书时的一个发现:"唐时有一俗说,后世无传,余读唐诗得之。如张祜《中秋夜杭州玩月》:'鬼愁缘避照',李颀《中秋对月》:'万怪想潜行',方干《中秋月》:'当空鬼魅愁',孙纬《中秋夜思郑延美》:'中秋中夜月,世说慑妖精',释可朋《中秋月》:'迥野应无鬼魅形',似月至中秋,功同古镜。然则妖狐拜月,多不在中秋之夕矣。"唐诗传世五万多首,其中包含的社会、历史、文化、宗教、民俗等方面的第一手资料,取之不尽。这样的一代诗文总集,即使不专门做研究,读熟了,不知不觉间便对当时社会的一切方面,具有基本了解。对于学术专著中轻率的结论,容易看出毛病。这是读书的一大乐趣。钱先生行文至此,得意愉快之情,溢于言表。

很早以前，同学之间谈酒，说到唐人的酒，哪怕只读过《唐诗三百首》，也能一想便知：唐人喝酒，以新酒为贵。很简单，两首诗就可以把结论推出来了。白居易《问刘十九》："绿蚁新醅酒，红泥小火炉。"这是说新酒好。新酒加上天造地设的适合喝酒的天气，此时以诗代柬，想必那刘十九一定应约而来了吧。老杜"尊酒家贫只旧醅"，这是说旧酒不好。没有好酒，没有尊贵的陪客，也没有佐酒的歌伎，顶多把隔壁的老农招来共饮，这里的杜甫，极写待客之诚和来客之喜，见出他日常的寂寞。唐宋的酒未经蒸馏，度数不高，因此可以大碗喝，夏天喝，能解渴，同时还是浑的。因为浑，《水浒》里说，方便加蒙汗药，加了药，客人看不出来。

再如唐代女性的服饰，大家都知道顶流行大红裙子，所谓石榴裙。女人一做诗，就是石榴裙上还留着泪痕之类。这当然不错，但与此同时，碧绿的裙子也很讨人欢喜，红的热烈艳丽，绿的清秀娇媚，各有魅力，所以，像"荷叶罗裙一色裁"这样的诗句也很多。

还有一个问题。爱读书的人，常常读到某一点时，忽然灵光一闪，以前读过的很多书一下子贯通，得出一个结论，或有一个发现，或解决了多年的疑问。可是读古书，历代学者如云，你的发现很可能别人早已发现过了。我有一天读《全宋词简编》,读到侯蒙的咏风筝,高兴得一下子跳起来,因为侯词正是薛宝钗咏絮词之所本啊。可是一转念,这样普通的材料,不可能前人都没读到。虽然手头一本号称最权威的《〈红楼梦〉诗词注释》并没提到,图书馆里另外几种谈《红楼梦》诗词的书也没涉及,不等于线索没人发现。果然,继续翻书,发现俞平伯先生在考证里已说了。

　　这样的事遇多了,就有了警觉,凡读书有了心得和发现,在既有条件下,尽量核查各书,看自己的"拍案惊奇",是否已是别人的老生常谈。寻常人略而不论,鲁迅、钱钟书,像这些靠得住的大学者,是必查的。否则,读者笑你浅薄,还是小事,说你抄袭,就百口莫辩了。半年前买了一本《赵子昂集》,读过,手头一痒,便想写几行字,谈谈他的诗。有些结论是明摆着的,好比果子掉在地上,弯腰拣起来就是。新书出世,第一个写评论的总不愁没话说,因为一切都未经人道,你说什么都是首创。但像《红楼梦》或莎士比亚,你想写一篇《论〈红楼梦〉》或《论莎士比亚》,你写什么?赵诗是元诗一大家,手头有钱钟书的著作,拿来一翻,看他怎么说。结果不出所料,看钱先生说,赵诗故作豪放,好比"龙女参禅,欲证男身",云云,顿时泄了气。因为自己想说的几点,多半已被钱先生点破。

现在有了搜索引擎,查找方便。读书欲和前人相印证,结果大多是惊讶和失望。没办法,别人加起来,就是比你读得多,读得深。指望读一本书就能发现几条新材料,有几条例证就想谈一个话题,实在天真得很。

所以我想,读书,不仅在博,还在深,但无论博还是深,必有自己的独见。否则,博只是走马观花,深只是琐碎唠叨,二者兼备,也不过可资谈助,得围观者一阵起哄罢了。能从家喻户晓的著作里,读出别人不容易看出的问题,读出别人没看出的问题,这才是入木三分的真正读书。《全唐诗》、《全宋文》最终网上都能一搜即得,任何地方看到一句古诗古文,一搜,马上知道出处。可是,搜索引擎毕竟不能帮你"透过现象看本质",材料摆在面前,你能看出什么,那才是本事。

2013 年 7 月 5 日

吴淑姬和吴女盈盈

连续数晚，读《夷坚志》。中华书局排印的四册，已读至第三册。此书卷帙浩繁，读到有意思的条目，不便像以前那样夹纸条，除了红笔勾画，别无他法。诗文部分比较关注，单独抄出来，是一部很好的笔记。涉及名作家的很多，如提到传为柳宗元所作的《龙城录》，作者为刘无言，说书中所记"皆寓言也"。提到荆公四世孙王衍之的离奇死亡。梦中做诗的传说不少，可见确是普遍现象，没有神秘可言。宋人无时无处不做诗，所以梦中难免。收在此书中的，相信绝大多数是纪实，和《搜神记》《西京杂记》中的传说不尽相同。后二书的意思，显然把梦中事当作天降奇才担当大任的标志，但在唐以后，人人都有权梦中为诗为文，哪怕梦中之作平凡得一点灵光也没有。

下面说到的女词人吴淑姬故事，却和梦幻无关。就好

158

比唐朝的鱼玄机,诗作有几句小小的灵巧之言,总体也只平平。历代话题不断,无非是她不寻常的身份和遭际。她的所谓美貌,是后人想象出来的。吴淑姬的故事也是才女故事,说宋词的人,自然舍不得不说。

洪迈把吴的故事和著名的严蕊合在一条:"湖州吴秀才女,慧而能诗词,貌美家贫,为富氏子所据。或投郡,诉其奸淫。王龟龄为太守,逮系司理狱。既伏罪,且受徒刑。郡僚相与诣理院观之,仍具酒,引使至席,风格倾一坐。遂命脱枷侍饮,谕之曰:'知汝能长短句。宜以一章自咏,当宛转,白待制,为汝解脱。不然危矣。'女即请题。时冬未雪消,春日且至,令道此景,作长短句。令捉笔,立成曰:'烟霏霏,雨霏霏,雪向梅花枝上堆。春从何处归?醉眼开,睡眼开,疏影横斜安在哉?从教塞管催。'诸客赏叹,为之尽欢。明日以告王公,言其冤。王淳直,不疑人欺,亟使释放。其后无人肯礼娶,周介卿石之子,买以为妾,名曰淑姬。王三恕时为司户摄理,正治此狱,小词藏其处。"

王龟龄即王十朋,南宋著名的学者和诗人。吴淑姬落在他手里,运气比严蕊落在朱夫子手里强多了。手下群僚怜香惜玉,他也落得做个顺水人情。吴是贫家女子,为富家子弟欺负,王十朋治她奸淫罪而不抓捕富家子弟,这事一开头就做错了,还好吴淑姬没太受皮肉之苦,就被释放了。

　　吴淑姬的故事,前半部分俨然哈代《德伯家的苔丝》的翻版。苔丝杀掉欺负她的阔少爷而被处死,吴淑姬被人买回做妾,虽然也令人感叹,总算是活下来了。

　　书中又有"吴女盈盈"一条,读到"一旦碎花魂,葬花骨",立即想起《红楼梦》,显然曹公也是读过这个故事的。《盈盈传》一说为当事人王山亲作,收入《云斋广录》。《云斋广录》我也有一册,前些年读过,没怎么在意。这次读到,专读诗词。盈盈所作《伤春曲》:"芳菲时节,花压枝折。蜂蝶撩乱,栏槛光发,一旦碎花魂,葬花骨,蜂兮蝶兮何不来,空使雕栏对寒月。"正像小说中的绝大多数诗词,可读,但也好不到哪里去。王山赠盈盈之长歌,学晚唐温李一路,虽然都是套话,倒也才气逼人。《登岱岳至玉女池所作》一首及梦中所见盈盈鬼魂所作一首,纯然曹唐风格,盈盈一首尤然:"绛阙珠宫锁乱霞,长生未晓弃繁华。断元方朔人间信,远阻麻姑洞里家。累劫遥翻沧海水,深春难谢碧桃花。紫台未隐瑶池阔,凤小龙娇日又斜。"

　　读常见书,各处所得,往往都是前人已经道过的。幸亏有网络,可以查证一番。不然,总以为自己有了不起的发现。以前写文章,多有此种情形。现在即使不查资料,也能想到,有名的著作,这些一眼可见的材料,别人不可能看不到。吴女盈盈,以及吴淑姬的故事,都被王世贞收入《艳异编》,这书就像《情史》和《智囊》一样,广为流行,俗雅共谈。雪芹即使没通读《夷坚志》,《艳异编》他总是读过的。

2013 年 6 月

辑 三

噩梦云行鬼

敦煌遗书《新集周公解梦书》，据整理者说，是史书无载的著作，其中有驱除噩梦的秘符。使用方法是，假如夜晚做了噩梦，早晨起来，画一道符，安放在床脚下，不令人知，念咒语曰："赤赤阳阳，日出东方。此符断梦，辟除不详。读之三遍，百鬼潜藏。急急如律令。"连念三遍。又说，"夫噩梦姓云名行鬼；噩想姓贾，名自直。吾识汝名知汝字，远吾千里。急急如律令。"噩梦之神叫作云行鬼，还有一个名字叫子世瓠，它却常以假名出现，企图骗人，这个假名叫作"贾自直"。驱梦符一看就是道家的玩意儿，当然那咒语亦然。古代笔记中有各种类似的符咒，如入山避鬼怪虫兽咒，家居避毒虫蚊蝇咒，记得《柳弧》中还有驱盗咒，皆大同小异。敦煌的几种解梦书，看文字语气，都是唐人所抄集。云行鬼的意思很明白，这个名字相当不俗。但子世瓠则不知来历,或有较早的出处。"贾自直"谐音"假自知",曹雪芹的"贾雨村""假语存",与此一脉相承。

中国历代的梦书,内容辗转因袭,除了因我们今天无法理解的原因而显得怪诞荒唐的部分之外,大多数是紧扣生活常识的,如梦见狗咬人意味着来客等等。浅显的象征占了大多数,都是历史悠久的积累。最有趣的是解梦和拆字同理,免不了谐音会意那一套。《世说新语·文学篇》有著名的一条,"人有问殷中军:'何以将得位而梦棺器,将得财而梦矢秽?'殷曰:'官本是臭腐,所以将得而梦棺尸;财本是粪土,所以将得而梦秽污。'时人以为名通。"这个说法为后来的解梦书所继承和发挥,棺材谐音官财,梦见棺材不是得官就是得财。就像民间因蝙蝠谐音"福"而对这本来不讨人喜欢的小动物特加青睐一样。

《新集周公解梦书》就罗列了若干条棺梦:"梦见异棺入宅,财来;梦见棺入宅,失财;梦见棺开张,得大财;梦见棺木闭者,凶恶;梦见棺水流,吉;梦见棺中人语,得财。"同出敦煌的《占梦书》中也有:"梦拜棺木,大吉,得财。"

殷浩的话当时即被视为名言,今天读了,也让人觉得似乎这就是魏晋风度的一个缩影。其实魏晋人很多时候说归说,并不要求言行一致。传为佳话的小故事,脱离了

166

情境语境,被剥离出来,孤悬青史,是带表演性质的,相当于今天的行为艺术。殷浩终生做官,一度被废,"惟终日书空,作'咄咄怪事'四字",可见是不肯一日闲罢无权的。

把最令人羡慕的富与贵,与最不吉利和最肮脏的东西联系起来,当然是很调侃的。但后来大家都接受了,所以唐人小说里,梦棺得官的传奇就多起来,据说如今也有官僚机构把办公楼修成直立棺材状的。无独有偶,和得官有关的另一种梦,也是梦见大凶之物:"梦见枷锁,主得官。"这个意思,在善于联想的人看来,无意中和《红楼梦》里的《好了歌》呼应起来了:"因嫌纱帽小,致使枷锁扛。"所以做官无异于一种高风险高回报的冒险生意:"高位实疾颠,厚味实腊毒。"

解梦书中,不出常理,梦见家畜多系好事:"梦见牛,所求皆得;梦见乘驴,有钱至;梦见兔,大富贵;梦见白兔,必为贵人所接;梦见双兔行,富贵。"但要当官,梦见的则是猛兽之类:"梦大虫者,加官禄;梦见虎狼,身得兴官。"也许潜意识里对得官还是又喜又怕吧。古代君主专制,法律不管用,官哪怕做到一人之下,万人之上,一件事做差,立马杀头抄家,不像制度先进的地方,做官是砸不破的金饭碗,可以有恃无恐。

我自己做梦，很少梦到解梦书的物事，大部分是日常生活的重构，无非是重逢、聚饮、逛街、买书之类，唯有花木，时时梦见。梦到树木，象征繁杂，不去管它；梦到好花，《新集周公解梦书》说："梦见花发者，身大贵。"这个贵，不一定是做官或得金，因为有一个现成的例子，就是李冗《独异志》中所说的："《武陵记》曰：'后汉马融勤学。梦见一林，花如锦绣，梦中摘此花食之。及寤，见天下文词，无所不知。时人号为绣囊。'"这个贵，是精神上的。

梦到花，梦到文石，梦吐凤凰，都和云行鬼云先生无关。好梦亦当有名，然而解梦书里不肯说。

2013 年 6 月 13 日

《红楼梦》和卦影

《红楼梦》里预言众女子的命运,最确切可靠的,莫过于第五回贾宝玉神游太虚幻境时听到的"红楼梦曲"和观看的金陵十二钗册子了,因为这是作者有意为之的。其次是怡红夜宴时的抽花签,但花签上的一句诗,虽然和抽中者密切对应,却不一定是其一生的总预言,只是人物某个方面的说明。如宝钗,"任是无情也动人",我们一看,自然会心。所以,不妨作为辅助材料。至于各次诗会上的做诗填词,读者借此了解人物的性情和才气,也就罢了,若字字索隐,无限发挥,十几首诗词,典故一堆,意象无穷,每个人物怕不可以整出一部《太真外传》。有一分材料说一分话,胡适的这句名言还得加一个限定:材料必须可靠,解释须有根据。

唐德刚在《胡适口述自传》里说,内地红学,周汝昌用力最勤,成就最多,胆子最大。前两个最,有《红楼梦新证》在,实至名归。后一个最,皮里阳秋,也许指的是周先生晚年钟情于湘云,故不遗余力,要促成她和宝玉的姻缘。周先生为了证明湘云最后一定嫁给了宝玉,把书中每一处可以望文生义的地方都挖了出来,却忘了曹雪芹设喻是有分寸的,绝不能八公山上,草木皆兵。譬如他读到湘云的咏菊花诗,有一句"霜清纸帐来新梦",马上把这"新梦"联想为"鸳梦重温"。若按这样的解释方法,同是湘云的一联诗句,"花因喜洁难寻偶,人为悲秋易断魂",上句岂不是说终身不嫁,下句岂不是说青春早逝吗?而且这比他前引的那一句说得更明确,更无歧义。

金陵十二钗册子,形式一图一诗,以诗解图。这种形式,中国古典小说里屡见不鲜,我们觉得熟悉,潜意识里也认可其权威性。前一阵子,至少半年多时间里,一直在读《夷坚志》,不断读到关于卦影算命的故事,正好宣树铮老师说起他们北大校友会准备讨论《红楼梦》,让说几句,我也就把未写完的关于史湘云的文章翻出来,重审其中摘引的资料,准备以此应命。这一读,忽然福至心灵,心想:十二钗册子,那不就是宋人常说的卦影吗?

卦影又称轨革,或者说是轨革术中的一种,简单讲,就

170

是算命先生按照卦序预备的一套图签，上面有简单的图形，有的配有文词，也有不带文词的。我想它的样子，和如今寺庙里的求签差不多，只不过庙签以文字为主，而卦影是以图案为主。清人已经搞不清卦影到底什么样，平步青就说它是圆光术。《阅微草堂笔记》说："世有圆光术，张素纸于壁，焚符召神，使五六岁童子视之。童子必见纸上突现大圆镜，镜中人物，历历示未来之事，犹卦影也。但卦影隐示其象，此则明著其形耳。"相似处只在"以图画占吉凶"，方法则完全不同。

宋代卦影流行，宋人笔记等文献中，相关内容可说是抄不胜抄。最有名的，当数苏轼的《东坡志林》，其中有"费孝先卦影"一条："至和二年，成都人有费孝先者，始来眉山，云：近游青城山，访老人村，坏其一竹床。孝先谢不敏，且欲偿其直。老人笑曰：'子视其下字云：此床以某年月日某造，至某年月日为费孝先所坏。成坏自有数，子何以偿为！'孝先知其异，乃留师事之。老人受以易、轨革、卦影之术。前此未知有此学者。后五六年，孝先以致富。今死矣，然四方治其学者，所在而有，皆自托于孝先，真伪不可知也。聊复记之，使后人知卦影之所自也。"

四川自古出算命大师，汉有严君平，宋有费孝先。费孝先的事迹,朱彧的《萍洲可谈》、魏泰的《东轩笔录》、张邦基的《墨庄漫录》、陆游的《老学庵笔记》以及洪迈的《夷坚志》,都有记载。其中《萍洲可谈》中的一条,最能使我们明白,卦影究竟是怎么回事:"熙宁间,蜀中日者费老筮易,以丹青寓吉凶。在十二辰,则画鼠为子,画马为午,各从其属。画牛作二尾则为失,画犬作二口为哭,画十有一口则为吉,其类不一,谓之卦影,亦有繇词,以相发明。其书曰《轨革》,费老筮之无不验。其后转相祖述,不知消息盈虚者,往往冒行此术,盖中否未可知也,求筮者得幅纸画人物,莫测吉凶,待其相符,然后以为妙。卜以决疑,而转生疑,非先王命卜之意也。其画人物不常,鸟或四足,兽或两翼,人或儒冠而僧衣,故为怪以见象。"

这里有两点:卦影虽是图形,解释方法和拆字差不多,也是以会意为主,而且同样一个图,可以有多种解释,端看术士的临场发挥,见机行事;其次,卦影的图很简单,颇似今天的漫画,金陵十二钗册子也是如此。图画得简单,一是因为算命者不一定善于绘画,只好大致勾出轮廓;二是有时需要临场现画,当然不能像工笔花鸟或青绿山水那样费工夫;三是画得似像非像,才便于引申发挥。为强调神秘性,有的图故意还画得很古怪。

关于怪,朱彧书中记载了画家米芾的一个故事:米芾好怪,常戴俗帽,衣深衣,蹑朝靴,绀缘缬,朋从称为"活卦影"。

《渑水燕谈录》所记,酷似谢石拆字:"术士李某者,亦传管辂轨革法,画卦影颇有验。今丞相顷尝问之,卦影画水边一月,中有十口。未几,除知湖州。又卢龙图秉使占,卦影亦同,乃除知渭州。字虽不同,而其影皆符。"水和月,加上十和口,既可组成"湖"字,也可组成"渭"字。

算命有人信,有人不信,朱彧的态度就很理性。《东轩笔录》里说,"自至和、嘉祐已来,费孝先以术名天下,士大夫无不作卦影,而应者甚多。独王平甫不喜之,尝语人曰:'占卜本欲前知,而卦影验于事后,何足问耶?'"平甫是王安石的弟弟,像他哥哥一样,也是有学问而志向高远的人。

《夷坚志》意在记录异闻,所以书中的故事,多强调卦影的神奇,如李璋一条:"李璋尝令费孝先作卦影,画凤立于双剑上,又画一凤据厅所,又画一凤于城门,又画一凤立重屋上,其末画一人紫绶偃卧,四孝服卧于旁。及璋死,其事皆验。剑上双凤者,璋为凤宁军节度使也;厅所者,尝知凤翔府,末年谪官郢州,召还,卒于襄州凤台驿,襄州有凤林阙也。两子侍行,璋既病久,复有二子解官省疾,至襄之次日,璋薨,四子衰服之应也。"

费孝先在北宋几乎无人不知,但他的姓名,显然是假冒的。因为早在晋朝干宝的《搜神记》里,就已经有一个费孝先了:"西川费孝先善轨革,世皆知名,有大若人王旻,因货殖至成都,求为卦。孝先曰:'教住莫住,教洗莫洗。一石谷捣得三斗米。遇明即活,遇暗即死。'再三戒之,令诵此言足矣。旻志之。及行,途中遇大雨,憩一屋下,路人盈塞,乃思曰:'教住莫住,得非此耶?'遂冒雨行,未几,屋遂颠覆,独得免焉。旻之妻已私邻比,欲媾终身之好,俟旋归,将致毒谋。旻既至,妻约其私人曰:'今夕新沐者,乃夫也。'将哺,呼旻洗沐,重易巾帻。旻悟曰:'教洗莫洗,得非此耶?'坚不从。妻怒,不省,自沐。夜半反被害。既觉,惊呼邻里共视,皆莫测其由。遂被囚系考讯。狱就,不能自辨。郡守录状,旻泣言:'死即死矣,但孝先所言,终无验耳。'左右以是语上达。郡守命未得行法乎旻。问曰:'汝邻比何人也?'曰:'康七。'遂遣人捕之。'杀汝妻者,必此人也。'已而果然。因谓僚佐曰:'一石谷捣得三斗米,非康七乎?'由是辨雪,诚遇明即活之效。"

这个故事非常有名,有人还把它收入古代断案小说集。

东坡这些人,都是饱学之士,不可能没有读过《搜神记》,但很奇怪的,他们说到费孝先,没一个人觉得,这个名字,是该解释一番的。

其实，费孝先自述在青城山遇到老人拜师求艺的经历，肯定是为了自神其术而编出来的。这类奇遇故事，从古至今，绵绵不断，大同小异，一点创意都没有，然而大众总是乐于相信。

在《搜神记》的故事里，所谓轨革，有词无图。到此后传为葛洪所著的《神仙传》里，仍然是蜀人的李意其，刘备为伐吴，找他问吉凶，李意其"不答而求纸笔，画兵马器仗数十纸已，便一一以手裂坏之，又画作一大人，掘地埋之"。刘备以为可以大败东吴，大喜出兵，结果败死白帝城。大家此时才明白，埋大人，不是埋人家碧眼的孙权，而是埋他刘备自己。据此，李意其搞的这玩意儿，才是真正的卦影。

类似的传说，南北朝还有。无论如何，保守的估计，卦影至迟在唐以前已经出现了。它日益流行，不断演变。有图有文，应该自宋时开始，就是朱彧所说的"亦有繇词"，以便和图画"互相发明"。不过，传说出自唐人之手的《推背图》，也是图文并茂的。图后有韵语（谶），谶后有颂（还是诗）。《推背图》利用了卦影的形式，结合两汉时盛行一时的谶纬，作成系统的政治寓言。所以说，《推背图》是卦影其表，谶纬其里。而纯粹的卦影，还是旨在推算个人命运，成为江湖术士谋生的手段。

卦影的玩法,大概是这样的:按照六十四卦的顺序,准备至少六十四张图卡。算命者先卜出一卦,然后找出此卦的图片,按图讲解。宋人笔记记载的卦影,基本上有图无文,这可能是因为,卦影直接采用《易经》的原词。但《易经》的原词,有些和当代生活距离已远,不那么容易理解和对应了,一些卦影高手,便自己另造新词。《夷坚志》"刘枢干得法"故事里说,刘的卦影都是有图有诗的,他画图的方法是"自据卦爻推演而画之尔"。总之在卦影流行的年代,有图有文,和有图无文,对应《易经》卦序,和不对应《易经》卦序,大概是各种情形都存在。至于现场即兴画图的,大概干脆抛开《易经》,自起炉灶了。

研究"红学"的人,已经有人指出过十二钗册子和《推背图》的关系。二者形式上太相似了。比如《推背图》中世人多以为是"关于太平天国"的第三十四象,图案是洪水滔天,芦苇边几具骷髅,"谶曰:'头有发,衣怕白。太平时,王杀王。'颂曰:'太平又见血花飞,五色章成里外衣。洪水滔天苗不秀,中原曾见梦全非。'"洪秀全的名字直接隐在其中。我们看《红楼梦》关于林薛的一页:"只见头一页上画着是两株枯木,木上悬着一围玉带;地下又有一堆雪,雪中一股金簪。也有四句诗道：'可叹停机德，堪怜咏絮才。玉带林中挂，金簪雪里埋。'"也明白道出薛林二位的姓名。还有关于迎春的："后面忽画一恶狼，追扑一美女，欲啖之意。其下书云：'子系中山狼，得志便猖狂。金闺花柳质，一载赴黄粱。'"确实如出一辙。

但以册子比《推背图》，还是绕远了。虽都以卦影为蓝本，谶纬的主旨在政治，卦影的关注在个人。形式虽一，本质不同。十二钗册子就是关于一群女性的卦影。

当然，我们也不妨说，卦影，可能也是从谶纬中演变出来的。谶纬可以追溯到远古，在西汉后期和东汉盛行一时，王莽刘秀，最迷此道。西晋以后，官方屡禁，终于衰落。古代货币本称钱，因"钱"中有金，刘字俗称"卯金刀"，其中也有金，王莽篡汉，忌讳刘字，竟然改称金字旁的钱为声音近似的"泉"，以至今天，古钱还被称作古泉。然而阴错阳差，王莽发行的一种货币，名叫"货泉"，这两个字，被人拆作白水真人。白水真人，正好应在在南阳白水乡起兵的刘秀身上。

泉字拆为白水，和把董卓的董拆为"千里草"，手法一样。早先的轨革，显然就是拆字，或者说，是以拆字为主要手段的。说卦影源自轨革，当然是因为后来改用图画代替文字的缘故。比如双木为林，不写木，画两棵树就可以了。

这样的好处,是易于为不识字的下层民众接受,更主要的,则是增加神秘性和解释的自由度。

作《推背图》和《烧饼歌》那样的政治寓言,和清末做革命党差不多,随时有掉脑袋的危险,所以远远不及用卦影给人算命发达。曹雪芹借用卦影这种被普遍接受的形式,用意恐怕也在强调,书中人物的结局,只有册子里的图文,才是最权威的谶语。

归结到史湘云,十二钗册子上写着:"后面又画着几缕飞云,一湾逝水。其词曰:'富贵又何为?襁褓之间父母违。展眼吊斜晖,湘江水逝楚云飞。'"云姑娘的名字,一半水,一半云。水逝云散,意思没有比这再明白的了:和晴雯(彩云易散)一样,红颜薄命,早早过世了。《红楼梦》曲里则是说:"云散高唐,水涸湘江。"有人非要解释死者是湘云的丈夫,难道湘云的丈夫,名字也叫什么水什么云?即以典故而论,高唐之云雨,从来都是指女性,宋玉赋中旦为朝云、暮为行雨的,难道不是神女,反而是楚王吗?

2013 年 6 月 7 日

夜 叉

夜叉本是印度的一种怪物,是随着佛教而传入的。中国本土吃人的妖怪本也不少,但形形色色,样子各异,吃人的习惯也不统一,今天是一头猛兽,明天是一个恶鬼,喜欢和痛恨它们的人,心里都不能留下鲜明的印象。写到书里,讲成故事,也是模棱两可,显得很没个性。而夜叉就像吸血鬼或狼人,仿佛动物的一个种群,提到名字,大家心里马上有一个形象,这就很踏实。于是不消几年,夜叉稳稳在怪物舞台上占据了一席之地,而且是很靠近中心的地位。

夜叉在印度,又叫能啖鬼、捷疾鬼,前一个名字说它爱吃人,连骨带肉嚼着吃,也有特别喜欢吸血的;后一个名字说它行动敏捷,不管在地上跑,还是在空中飞,都迅疾如电。夜叉长相丑,大概还很高大。中国人觉得,怪物当然应该是丑的,不丑怎么能叫人害怕呢? 正因为丑,人们老远看见，立即作鸟兽散，这丑简直就是好心的警告啊。所以，夜叉可以说是有美德的怪物，它吃人，但不像蛇蝎之类诱骗人。

中国的夜叉显然不多，吃人的事很少发生，久而久之，人们开始把夜叉看作一种带喜剧性的东西，脾气暴躁的女人经常被称作"母夜叉"，和古已有之的"母大虫"、"胭脂虎"并列，后来更超过后者，一家独尊。脸上涂了红红胭脂的老虎是何等尊容？稍稍想一想，一定会开怀大笑吧。夜叉，也就是搽了胭脂，甚至抹了粉的老虎。

在我记忆里，夜叉和罗刹是一回事。实际上不是。罗刹也是吃人肉的恶鬼，但可能不爱吸血，也以行走和飞行迅速著名。我不知道印度人有没有谈到夜叉的性别，罗刹却是有男有女的。最重要的一点是，男性罗刹极丑，女性罗刹则非常漂亮。和"母夜叉"相反，罗刹女、玉罗刹，这都是对女子的美称，就像你赞扬一位女子胜过西施和杨玉环一样。

罗刹女太美，除了《西游记》里文人创作的牛魔王婆罗刹女铁扇公主，民间故事里一篇像样的罗刹女故事也找不到。难怪孔子说，我们中国人是世界上最谦虚的民族。至于男性罗刹，由于和夜叉几无分别，最后让夜叉代替了。

关于夜叉，最著名的一个传说是这样的。在河南的汝州，一个十几岁的乡村女孩忽然失踪，亲友寻找，捕快侦探，找不到一点线索。过了两年，女孩自己回家了，衣服虽然破旧，但还干净，人看上去也好好的，不瘦，也不傻。当初发生了什么事呢？女孩说，她是在熟睡中被妖物牵走的，昏昏沉沉，腾云驾雾，到了一个黑暗的地方。不久天色微明，发现是在一座古塔里面，再看面前，站着一个身材高大的美男子，寻常城里人打扮，说话很和蔼。他告诉女孩子：他是天上的仙人，注定要和女孩做夫妻——但不用紧张，有年限，不会耽误她一辈子。

古塔荒废多年，楼梯早已腐朽。他们所在的顶层，就像人家的阁楼，青砖墙壁和地面，看不出打扫过，却很洁净，设了一张床、一张桌子和两把椅子。那人警告她，没事不要往塔外看，没好处，会吓着她的。这以后，那人每天两次下塔取来饭食，都是热的，味道很好。

不知不觉一年过去了。有一天，那人又外出，女孩忍不住从窗洞偷看。这一看，可吓坏了：那男子哪里还是人呢？他像大鸟一样在空中飞翔，火红的头发，靛蓝的皮肤，张开的耳朵比驴耳还长大。降落到地上，忽然就又恢复原来的样子，衣冠整齐，大步而行。女孩吓出一身冷汗，直到

181

男人带了食物回来,说话还颤抖不停。怪物知道自己的真身已被窥破,承认自己是夜叉,但他安慰女孩,不会伤害她,而且跟她确实是有缘分。

此后,女孩和夜叉之间,一切开诚布公,能说的都跟她说,出行由她随便看。古塔距离村镇不远,女孩在塔上往下看,一切都看得清楚,但下面那些人却好似看不见她。看久了,女孩注意到,在人群中穿行,遇到有的人,夜叉恭恭敬敬地避开,等他走过。遇到另外的人,夜叉知道女孩在看,就搞点恶作剧,故意撞他们一下,踩一脚,甚至朝他们脸上吐唾沫,被整的人尽管恼怒,却看不到是谁。

女孩问起为何对人有两种态度,夜叉解释说,凡是吃牛肉的,他可以捉弄,遇到不吃牛肉的,不可冒犯,否则要受惩罚。

又过了一年,期限已到,等到一个风雨天,夜叉抱起女孩,乘夜黑无人,飞到她家,将她放在院子里。临行前,他交给女孩一块鸡蛋大的青石头,嘱咐她到家之后,磨成粉喝下,去掉体内的毒气。

这个传说出自段成式的《酉阳杂俎》,段成式说是一个叫丘濡的博士讲给他听的。其实,这件事在差不多同时代人张读的《宣室志》里也有,不过事情的发生地是在南边的

182

湖南,被劫者是商人之女。和段成式的故事不同之处在于,张读书中的夜叉没有那么绅士,他劫走女孩,完全是土匪行为,最后放走女孩,也不是因为缘分已尽,而是女孩知道上天庇佑爱牛之人后,发愿终生不食牛肉,夜叉无奈,只得离去。即使如此,夜叉也没有把她送回家,而是弃她于大江边上高达数百寻的浮屠祠上,家人发现,才把她救下。

两处故事里的夜叉,不仅被中国化了,而且被道德化了,成为中国社会里自觉接受民间宗教的神权和社会伦理约束的一分子。他们身上的妖怪性质只剩下飞行和变化这样的神通,与在上的强大思想意识相比,不过是一个微不足道的点缀。在马燧故事里,我们才能见到原汁原味的夜叉。马燧游长安,得罪了权贵,被人追杀,藏身粪车中逃出城外。天黑,躲进路旁破屋。这时候,他见到一个个子高高的女人,说是一个叫"胡二姐"的人派她来帮助他的,给了马燧食物,还在他身前用灰布了一道线,告诫他,夜里有妖物来,只要待在原地不动,就会平安无事。深夜,妖怪果然来了:"夜半,有物闪闪照人,渐进户牖间。见一物,长丈余,乃夜叉也。赤发猬奋,全身锋铄,臂曲瘿木,甲驾兽爪,衣豹皮裤,携短兵,直入室来。狞目电爨,吐火喷血,跳躅哮吼,铁石消铄。燧之惴栗,殆丧魂亡精矣。然此物终不敢越胡二姊所布之灰。久之，物乃撤一门扉，藉而熟寝。俄又闻车马来声，有人相谓曰：'此乃逃人室，不妨马生匿于此乎？'时数人持兵器，下马入来。冲睇夜叉，夜叉奋起，大吼数声，裂人马啖食，血肉殆尽。夜叉食既饱，徐步而出。四更，东方月上，燧觉寂静，乃出而去，见人马骨肉狼藉，乃获免。"

但在唐人传奇里，最精彩的夜叉故事是具有异域和玄幻色彩的出自《博异志》的《薛淙》。故事中，薛淙和一群朋友夜宿古寺，遇到一位状貌古怪的老病和尚，这和尚讲了他年轻时候的一段奇遇："病僧年二十时，好游绝国。服药休粮，北至居延，去海三五十里。是日平明，病僧已行十数里。日欲出，忽见一枯立木，长三百余丈，数十围，而其中空心。僧因根下窥之，直上，其明通天，可容人。病僧又北行数里，遥见一女人，衣绯裙，跣足袒膊，被发而走，其疾如风。渐近，女人谓僧曰：'救命可乎？'对曰：'何也？'云：'后有人觅，但言不见，恩至极矣。'须臾，遂入枯木中。僧更行三五里，忽见一人，乘甲马，衣黄金衣，备弓剑之器。奔跳如电，每步可三十余丈，或在空，或在地，步骤如一。至僧前曰：'见某色人否？'僧曰：'不见。'又曰：'勿藏，此非人，乃飞天夜叉也。其党数千，相继诸天伤人，已八十万矣。

今已并擒戮,唯此乃尤者也,未获。昨夜三奉天帝命,自沙吒天逐来, 至此已八万四千里矣。如某之使八千人散捉,此乃获罪于天,师无庇之尔。'僧乃具言。须臾,便至枯木所。僧返步以观之,天使下马,入木窥之。却上马,腾空绕木而上。人马可半木已来,见木上一绯点走出,人马逐之,去七八丈许,渐入霄汉,没于空碧中。久之,雨三数十点血,意已为中矢矣。"

这段故事,以想象之奇幻,文字之瑰丽而论,是唐人小说中一流的作品,不亚于《柳归舜》和《许汉阳》。场景雄阔壮丽,足可媲美当今好莱坞最好的幻想影片。试想在浅金色或灰白色的茫茫大沙漠上, 耸立着一棵高入云天的银白色的枯木,枯木的枝丫,如剑似爪,呈现出岁月的久远。然后,红衣飘飘的女人疾奔而至,她赤手赤膊,长发纷披。她的容貌如何,我们不得而知,但想她的话能打动年轻的僧人,起码不是一副恶相。待女人翩然消失在枯树之中,一身金黄戎装的天国武士出现了,他执弓佩剑,骑着神马。人马风驰电掣,腾空踏地,同样迅捷。接下来是一场截击战。天使策马绕着神木树身盘旋而上,如履平地。镜头上推, 骑士的身影渐行渐杳。正当观者觉得云天苍苍之际,忽见树梢一点红影冲天而起,快如飞鸟,骑士拍马紧随。

一红一黄两道光影,瞬间腾起七八丈,终于没入云端,踪迹全无。和尚还在仰望,天地之间却一片肃穆,连风声似乎都止息了。良久良久,空中飘下几十点血滴,打在沙地上。于是我们知道,战斗结束了。

那和尚呢,也许有一点激动,有一点震撼,又有一点失落,有一点怜惜。他一路上都在回想这件事,直到垂暮之年也不能忘怀。

到宋朝,夜叉已经没有多少人知道了。宋人热衷于自我观照,对人类世界之外更广大的世界漠不关心。他们仍然有人谈神说鬼,但常常把事情搞混。夜叉终于和深山以及远洋荒岛上的野人和巨人混为一团了。那些野人也吃人,也和人通婚,不会说话,靠手势和眼神与人交流。但他们丧失了最可贵的品质: 他们不会变化。直到蒲松龄的《聊斋志异》,关于夜叉,还是沿袭了宋人的错误。

2013 年 12 月 11 日改定

186

媚 物

蒋防《霍小玉传》:"生复自外归,卢氏方鼓琴于床,忽见自门抛一斑犀钿花合子,方圆一寸余,中有轻绢,作同心结,坠于卢氏怀中。生开而视之,见相思子二,叩头虫一,发杀觜一,驴驹媚少许。"记四种媚物,甚觉有趣,抄各书注解如下:

相思子:唐李匡乂《资暇集》卷下:"豆有圆而红,其首乌者,举世呼为相思子,即红豆之异名也。其木斜斫之,则有文可为弹博局及琵琶槽。其树也,大株而白枝,叶似槐。其花与皂荚花无殊,其子若筴豆,处于甲中,通身皆红。李善云'其实赤如珊瑚'是也。"周绍良《唐传奇笺注》据《本草纲目集解》与清潘衍桐《两浙輶轩续录》考证,相思子即"郎君子",是一种小虫,放在醋中"雌雄相逐,逡巡便合",故又名"醋鳖子。"

187

周注太猎奇。相思子唐诗多有吟咏,除了王维,温庭筠的《杨柳枝》更接近小说中的情境:"一尺深红蒙曲尘,天生旧物不如新。合欢桃核终堪恨,里许元来别有人。井底点灯深烛伊,共郎长行莫围棋。玲珑骰子安红豆,入骨相思知不知?"

叩头虫:《太平御览》卷九五一《虫豸部八·叩头》:"《异苑》曰:'有虫形色如大豆。咒令叩头,又使吐血,皆从所教。如是请放稽颡,辄七十而有声,故俗呼为叩头也。'傅咸《叩头虫赋·序》曰:'叩头虫,虫之微细者。然教之辄叩头,人以其叩头伤之不祥,故莫之害也。'"

《本草纲目》:"《异苑》云:'叩头虫形色如大豆,咒令叩头,又令吐血,皆从所教。杀之不祥,佩之令人媚爱。'"

发杀觜:周亮工《书影》卷五:"《霍小玉传》所载驴驹媚,发杀觜,似媚药无疑,然不知为何物,亦不见于他书。"

驴驹媚:王士禛《池北偶谈》卷二三:"座客偶举唐小说《霍小玉传》中有驴驹媚,不知何物。按僧赞宁《物类相感志》云:'凡驴狗初生未堕地,口中有一物如肉,名媚,妇人带之能媚。'"

唐以前的志异和博物一类的书里,多记奇异的动植物及矿物药物,其功用,最多的是避邪、起死、祛病、延年这

188

几类,或者具有各种特异的品质,如香气持久不灭,分辨人之善恶,等等。其中也有一些,是能让妇人媚的,如张华《博物志》中的蘦草:"詹山帝女,化为蘦草,其叶郁茂,其花黄,实如豆,服者媚于人。"

这类材料,从《山海经》开始就很多。《山海经》记各地物产,十之八九与吃有关,然后说其功用,吃了可以如何。好玩的是,这些可吃的东西,很少是当饭食的,多有奇异的功效,食之不惑,食之不迷,等等,是名副其实的精神食粮。与情感相关的也不少,如一种"其状如枭而白首"的黄鸟,食之不妒。最著名的媚物,是《北山经》里记载的䔄草:"又东二百里曰姑媱之山。帝女死焉,其名曰女尸,化为䔄草,其叶胥成,其华黄,其实如菟丘,服之媚于人。"

美女变成的芳草,具有媚的功效,在先民看来,理所当然。

类似的还有一种荀草,方茎,开黄花,结红果,"服之美人色"。

汉以后的志异笔记小说,夸说天方奇物,不脱《山海经》的思路,不过变本加厉,踵事增华而已。

唐宋以后,文学日益世俗化,媚物也随之逐渐变质,为更实用的春药所取代。媚物固然也是非常实际的东西,但

189

还包装着一层心灵追求的外衣,春药开门见山,直指核心,不扭捏作态,所以连名称也是赤条条的。这些,读《金瓶梅》和"三言二拍"便知。

2013 年春

昆 仑

　　吕思勉著《中国通史》，开篇伊始，讲到中华民族的起源，提到"西来说"，即古代汉族是从今之葱岭帕米尔高原一带，经新疆甘肃，进入陕西一带的。这个说法的核心是昆仑：

　　《周礼·大宗伯》："以黄琮礼地。"《郑注》："此……礼地以夏至，谓神在昆仑者也。"《郑注》："祀地，谓所祀于北郊，神州之神。"疏："案《河图括地象》，昆仑东南万五千里，神州是也。"入神州以后，还祭"昆仑之神"，可见得昆仑是汉族的根据地。然则昆仑究在何处呢？《尔雅》："河出昆仑墟。"《史记·大宛列传》："《禹本纪》言河出昆仑。昆仑，其高二千五百余里，日月所相隐蔽为光明。其上有醴泉瑶池。"《说文》。"河水出敦煌塞外昆仑山，发原注海。"《水经》："昆仑墟在西北，去嵩高五万里，地之中也。其高万一

191

千里。河水出其东北陬。"《山海经》:"海内昆仑之墟,在西北,河水出其东北隅。"都以河所出为昆仑。河源所在,虽有异说,然都起于唐以后,不能拿来解释古书。要讲"古代历谓河源",《史记·大宛列传》所谓"汉使穷河源,河源出于阗。其山多玉石,采来。而天子案古图书,名河所出山曰昆仑云"。其说自极可靠。那么,如今于阗河上源一带。一定是汉族古代的根据地了。

读到这一段,顿开茅塞。古代中国人对昆仑的深厚感情,不亚于黄河,没有别的地方可以代替,后来演化,成为神仙世界的中心。昆仑是远古的家乡,这就一下子把很多问题解释清楚了,包括河源出美玉,由此我们无须再惊奇,为什么玉在中国传统文化中的地位那么崇高,中国人为什么要把佩玉上升到文化和伦理的高度。

徐旭生先生认为昆仑是华夏族的发源地,他在《中国古史的传说时代》第二章论述华夏集团时的一条注文里说:"我曾经考证古昆仑丘就是现在的青海高原。又猜测我们华夏集团在文献还留一点微弱痕迹的远古是在昆仑丘的脚下,这就是说他们住在洮河黄河湟河大通河诸河谷中可能住人的地方。近几十年来考古学者在那一带所得的彩陶就是当日华夏集团居住时的留遗。我们的古人总好说昆

192

仑,可以由此推测他们同昆仑有相当密切的关系。"

《读〈山海经〉札记》里说:"山经中保存古代神话最多者,无过于《西山三经》。其山名并非子虚。唐兰先生曾告余,昆仑实指祁连。今细核之,其说甚近,然尚有小误。盖昆仑乃青海高原,祁连山似为经中槐江之山或恒山。祁连有水北流,而昆仑水绝无北流者,明其北尚有高山,水未能北流。《尔雅》云:'三成为昆仑丘。'而'恒山四成',则高于昆仑矣。恒山离槐江不远,后者之水北流,故余曰疑为经中之槐江之山或恒山也。且丘或训'土高',或训'四方而高',均指高原。昆仑不曰山而曰丘,明非山也。"

《海内十洲记》中对昆仑的描写当然是道家神化后的:"昆仑,号曰昆崚,在西海之戌地,北海之亥地,去岸十三万里。又有弱水周回绕匝。山东南接积石圃,西北接北户之室。东北临大活之井,西南至承渊之谷。此四角大山,实昆仑之支辅也。积石圃南头,是王母告周穆王云:咸阳去此四十六万里,山高,平地三万六千里。上有三角,方广万里,形似偃盆,下狭上广,故名曰昆仑山三角。其一角正北,干辰之辉,名曰阆风巅;其一角正西,名曰玄圃堂;其一角正东,名曰昆仑宫;其一角有积金,为天墉城,面方千里。城上安金台五所,玉楼十二所。其北户山、承渊山,又有墉城。

193

金台、玉楼,相鲜如流,精之阙光,碧玉之堂,琼华之室,紫翠丹房,锦云烛日,朱霞九光,西王母之所治也,真官仙灵之所宗。上通璇玑,元气流布,五常玉衡。理九天而调阴阳,品物群生,稀奇特出,皆在于此。天人济济,不可具记。此乃天地之根纽,万度之纲柄矣。"

昆仑是"天地之根纽,万度之纲柄",所有其他的仙山仙岛,地位都矮了一截。到《拾遗记》中,昆仑的神话进一步丰富,距离现实也就更遥远了。

2013 年 6 月 24 日

高僧的休书

在几种魏晋南北朝的文章选集里，都遇到竺僧度因为出家写给未婚妻杨苕华的诀别信。虽是很早以前读过的，时能依稀记起文中的漂亮句子，然而重温之下，依然有不舒服的感觉。这种不舒服，并非怪罪任何人，只是替一个早我一千多年的女子难过。从前只是读文章，现在就想知道前因后果。把事情弄明白了，或能证明我的疑虑没有道理，以后想起此文，尽可自由品赏其语辞和道理的精妙。于是上网查《高僧传》。竺僧度姓王，名晞，字玄宗，东莞人。传记里说他出身不高，但人物秀伟，性情温和。王晞少年丧父，与母亲相依为命。他看中同郡杨德慎的女儿苕华，向杨家求婚。杨家显然知道他的好名声，不计较他的家世，当即应允。苕华貌美，而且有文才。但王晞和苕华未及成亲，杨家三位长辈相继亡故。王晞受此打击，"看破红尘"，

195

乃决意出家,改名僧度,避地游学:"未及成礼,苕华母亡。顷之,苕华父又亡,庶母亦卒。度遂睹世代无常,忽然感悟,乃舍俗出家,改名僧度,迹抗尘表,避地游学。"

杨苕华服满,给王晞写了一封信,从儒家和一个普通人的立场出发,劝他第一不要伤毁发肤,第二不要断了祖宗的香烟,回到家里,好好过日子。杨苕华说,生在太平之世,是很幸运的,人有才华,应当得到发挥,不仅可以远慰祖宗神灵,对于身边亲人,也是一个慰藉。

僧度接信,回信如下:

　　夫事君以治一国,未若弘道以济万邦;事亲以成一家,未若弘道以济三界。发肤不毁,俗中之近言耳。但吾德不及远,未能兼被,以此为愧。然积篑成山,亦冀从微至著也。且披袈裟,振锡杖,饮清流,咏波若,虽王公之服,八珍之膳,铿锵之声,炜晔之色,不与易也。若能悬契,则同期于泥洹矣。且人心各异,有若其面。卿之不乐道,犹我之不慕俗矣。杨氏,长别离矣!万世因缘,于今绝矣!岁聿云暮,时不我与。学道者当以日损为志,处世者当以及时为务,卿年德并茂,宜速有所慕,莫以道士经心,而坐失盛年也。

杨苕华的信《高僧传》不载。她随信附上的五首诗,传中收录了其中一首:

> 大道自无穷,天地长且久。
> 巨石故巨消,芥子亦难数。
> 人生一世间,飘若风过牖。
> 荣华岂不茂,日夕就凋朽。
> 川上有余吟,日斜思鼓缶。
> 清音可娱耳,滋味可适口。
> 罗纨可饰躯,华冠可耀首。
> 安事自剪削,耽空以害有?
> 不道妾区区,但令君恤后。

苕华的赠诗,情辞恳切,千载之下,读之仍深为感动。尤其是最后两句,并不以个人为念,而以家族的大事为重。然而僧度志向已决。苕华无奈,只得接受这一不幸的事实。《高僧传》说,此后,"苕华感悟,亦起深信"。恐怕是为僧度开脱的委婉说辞。

苔华的赠诗,如果说有失策之处,就是以声色滋味之娱来引诱僧度,这恰恰给了僧度回绝的理由。僧度的答诗说:"布衣可暖身,谁论饰绫罗?"道理不错,然而华衣美食,对于一个正对未来生活充满期望的十几岁的年轻女子,是非常自然和正当的念想。再说僧度的信,也有失言之处,便是劝苔华趁着年轻,另寻佳配。这样的安慰和善意,出于抛弃者之口,对于被抛弃的人,未免苍白了些。

我读历代高僧的故事,高山仰止,不敢对人物言行有所议论,心中只存一个愿望,唯愿所有故事里不要有悲剧。玄奘和尚自小出家,没有人为他的毅然诀别啼哭落泪。小说中鲁智深以英雄豪杰,被逼无路,只得隐身山林,后来又那么突然地圆寂,令人黯然。而《五灯会元》中庞居士的女儿之死,给人的悲痛有甚于黛玉之死,以致多年耿耿。僧度从此"专精佛法"了,苔华的一生,将如何度过?僧度设下远大的目标,"弘道以济万邦",乃至"以济三界",苔华的悲苦,谁来救济?有心救众生而不能眼前救一人,一人与众生,孰论重轻?

假如杨苔华的故事是出于一部小说,论者一定指出,作者给人物取名苔华,是有寓意的,因为《诗经》里头有这样的句子:"苕之华,芸其黄矣。心之忧矣,维其伤矣。"

并非小说中的杨苕华，父母为什么要给她取这样一个名字？这也是定命？

僧度给苕华回信的那一时刻，恐怕也不能心如止水。讲大道理的同时，内心之苦也表露无遗："杨氏，长别离矣！万世因缘，于今绝矣！"我一向反感文章中滥用惊叹号和问号，情感的强烈，在文字本身，不靠符号，不靠连打几个惊叹号。但此处的两句，不妨一叹再叹。千载之下念诵，犹有"痛贯心肝"之感。

窃谓心有灵犀的人，有慧根的人，无需外物刺激，自能萌发精进向道之心。因缘在那里，好比一棵树，到春天自然萌发新叶。惨痛伤绝之后，别无出路，乃投入佛门，那是逃避兼消解。类似故事，小说中比比皆是，可见作者也并非都深明佛教的精义，不过将佛教当作设置情节的机关。想来实际生活中，这样的大变局，终究是少数。大部分人的出家，虽有因生活所需而不得不然的，更有望风披靡追随时尚的，不会太有戏剧性。

人世有壮烈的悲剧，也有哀婉的悲剧；有归于惨烈和毁灭的悲剧，也有迎向未来，为大道而弃舍的悲剧。然而一切悲剧，都是悲剧。为什么我们不可以在安详和快乐中达成伟大的目标呢？天路历程为什么不可以像《西游记》

一样,在庄严中开始,在笑声中结束,而且穿插着无数的小小喜剧?所有牺牲都是必要的吗?牺牲难道是仪式的必然部分,意义只在于牺牲本身?就像道教仙话里无所不在的匪夷所思的"考验"?

李白有诗:"仰天大笑出门去,吾辈岂是蓬蒿人?"我们不要说他俗,刚刚被朝廷征召,就得意忘形成这个样子。他是说,世上一切离别,皆当如此。

附记:

清人小说《绿野仙踪》中冷于冰出家一节,尤其是身边人物的突然死亡给他的刺激,促成他的彻悟,应是借鉴了竺僧度的故事。但小说中的冷于冰精明世故,与僧度不同。他是把家中事体无论大小一一安排妥帖之后,才放心出走的。就此而言,冷于冰相当世俗。难怪后来他对于要脱度的弟子,大有亲疏远近之别,很能照顾情面。

钱钟书先生说,僧度致杨苕华的信,是中国有记录的最早的一封休书。这样说是否准确,我不清楚。僧度作书的时候,青春年华,修行生涯才刚起步,高僧,是就未来而言的。所谓"高僧的休书",得其大意可矣。

又,《五灯会元》记庞蕴父女之死:

"襄州居士庞蕴者,衡州衡阳县人也。字道玄。世本儒业,少悟尘劳,志求真谛。——有女名灵照,常鬻竹漉篱以供朝夕。——士将入灭,谓灵照曰:'视日早晚及午以报。'照遽报:'日已中矣,而有蚀也。'士出户观次,灵照即登父座,合掌坐亡。士笑曰:'我女锋捷矣。'于是更延七日,州牧于公问疾次,士谓之曰:'但愿空诸所有,慎勿实诸所无。好住,世间皆如影响。'言讫,枕于公膝而化。"

灵照死时多大年纪,不得而知,想必还很年轻。你可以说我没慧根,不能明大义——孔子和庄子都说,"大哉死乎!君子息焉,小人伏焉。"视死亡为休息,为回家,没有恐惧,平静以待。重生而不畏死,一切顺应自然。庞蕴"父女竞死",大违常情,读这样的故事,心中不忍。

2011 年 2 月 17 日

筷　子

　　读过一本访谈录，其中某人类学学者说，从饮食习惯看文明，使用筷子要比使用刀叉进步，也就是说，使用筷子离开野蛮更远。

　　根据何在？学者说，刀叉之类，说穿了，不过是狩猎武器的缩小。刀和叉都是猎兽的武器，打死了野兽，又可用刀子剥皮，剔骨，去内脏。吃肉，也用刀子切来吃。叉子则可用来叉肉块在火上烤。后来，人类文明了，有了房子，有了衣服，不再穴居野外，用餐有专门场所，设备齐全。不消说，餐桌是可以无限考究的。钟鸣鼎食，鲜花蜡烛。就餐者洗脸净手，胸前系上白餐巾，旁边还有乐队演奏或曼女伴舞，一派和雅气氛。可是，当初用来屠戮的"凶"器，拿在文明人手里，毕竟露出一截野蛮的尾巴。尽管这刀叉已经是银子做的，而且雕上了精致的图案。

以勺喝汤,按礼仪要求,只可向内舀,不能往外舀,道理何在?学者说,那是因为原始部落都在一口大锅里吃饭(想想前苏联作家阿斯塔菲耶夫在《鱼王》里写到的鲍加尼达村的鱼汤),食物丰富的时候,一切都好说,食物有限的时候,动作慢的,不免吃不饱甚至饿死。大勺子舀了汤和肉,如果不往自己的方向送,而向外递出,画一个大大的弧形再回到嘴边,十有八九回来的只是一个空勺子——路途太远,须防劫道。弄不好,殃及池鱼,连拿勺子的手都要被坐在旁边的馋鬼咬断了。

在文明尚未达到一定程度的情况下,礼仪好比在炮弹上画一只和平鸽,或把伤口描成一朵桃花。

筷子的情形完全不同。首先它是木质(或竹子)的,这就先在材质上和金属的武器区别开了。其次,形状变了,和武器毫无相似之处——你总不能牵强附会到非说筷子是宋太祖"一条杆棒等身齐,打四百座军州都姓赵"的两条杆棒吧。什么是文明?这就是文明。文明就是,最大限度地"脱离了原始的低级趣味"。

有人也许会争辩说,手抓吃饭,岂不更干脆?对此,学者说,徒手,虽然放下了武器,但依然是远古习惯的延续,原始人没礼法,不讲卫生,见到食物,抓起就往嘴里送,这

203

和动物没两样，动物园的猴子和猩猩，现在还是这么吃饭的，终不如筷子体现了本质性的伟大变革。筷子的伟大不仅在其象征意义，还在于赋予那么简单的工具那么多复杂的功能。从功用上讲，筷子的优越是刀叉和手难以相比的。比方说，从开水或油锅里捞取食物，赤手空拳怎么办？重庆火锅和北京涮羊肉肯定是吃不成了。再比方，聚会时的群体游戏里用筷子从窄颈玻璃瓶里取玻璃球，试问刀叉和徒手派怎么办？

筷子的好处，最新的研究成果是，有助于开启智力。五指的灵活直接和智力相关，所以老人搓搓核桃或健身球，能预防老年痴呆。据说中国的老人，痴呆病患者少于欧美各国。日本专家认为，这都是筷子的功劳。

竹筷子能用很多年，除非你拿它磨牙。木筷子差点，至少可以用一年。一次性筷子的发明，造孽深重，造成资源的浪费。但这个恶名不能笼统让筷子背了。图方便的人，东西用过便扔，省了小事，坏了大事。一次性筷子、快餐餐盒、购物塑料袋、塑料刀叉，都是如此。

2010 年

关于吃

关于吃

饮食的习惯是自小养成的,受限于地域,也受限于生活条件。河南处于内陆,在我眼里,除了海带和带鱼,没见过其他海鲜。我至今对海鲜缺乏兴趣,觉得海参不如猪脚,鱼翅不如小椒牛肉丝面。羊肉端上桌,什么龙虾大蟹象牙蚌,统统靠边。至于烹制,我成长的那年代,有肉吃已经阿弥陀佛,谁还有余兴拿那点可怜的宝贝荤腥玩花样。两岁的老母鸡,滋补的上品,瓦罐里煨汤。汤成,面上浮着一层金黄的鸡油。拨开油层,热气四溢而香气如朝日冉冉,令人膜拜。还用说什么多余的话呢? 鸡肉多,每样只有一件的鸡胗和卷成团的鸡肠,反而成了小孩子争抢的对象。猪肉还是炖,还是瓦罐微火,除了放萝卜,放黄花菜也好。

羊肉和狗肉是过年才有的。羊肉看重后腿,狗肉亦然。

干羊肉切细条,加干辣椒,和粗粉丝一起炖,锅底下养着炭火,等于不涮的火锅。一碗羊肉下肚,三九寒天满院冰雪而浑身饱暖,恨不得去墙头上坐了,吹风唱歌。

没有海鲜,有河鲜。黄鳝、老鳖、细虾,俗称泥狗子的泥鳅,以及各种鱼,一一说来甚繁,况且做法简单如野人,在烹饪艺术发达的今天,根本乏善可陈。单说我难以忘怀的。春节前鱼塘养的家鱼捕捞了,按家分配,每家总有几十斤,鱼身子全部腌起来,留着在"漫长的"节日季节供酒席用,剩下鱼头,或许还有鱼尾,一大锅烩了,稀里哗啦一通乱吃。嘴边沾了鱼皮和鱼油,满地鱼骨鱼刺鱼眼珠子,这个痛快。大学里读前苏联作家塔斯科菲耶夫的《鱼王》,其中有一篇写渔村的鱼汤,海滩上支大锅,敞着烧炖,情形类似,而意境更伟大,只读得我口水横流。

猪肉本是最香的,但如今少吃猪肉了。头天炒的肉丝,虽然尽量多加了调料,留到第二天,便有腥臊味。鸡肉也是如此。相比之下,牛肉羊肉,同样不新鲜,却无异味,可以忍受。记得在新疆时,和当地人谈起吃肉,那些长大后才去新疆的汉族人,也渐渐不吃猪肉,理由是脏。牛啊羊啊,吃草,草多干净呢。猪是什么都吃的,还有鸡鸭。这话当年不信,现在有些信了。

新疆和内蒙的羊肉好,水煮加洋葱和盐,香得不行。我说起涮羊肉那么多调料,当地人嗤之以鼻:加料?我们这儿的羊肉不用加料,草原上野葱野蒜多的是,羊吃这些草长大的,五味俱全,加料多此一举。

也有食物很晚才吃到,一吃就喜欢,从此不能摆脱了。和羊有关的,多属于此类。在洛阳喝过驴肉汤,一见如故,好像前生是喝它长大的。西方的玩意儿,格格不入,但也爱上了意大利餐中的各种香料。我翻译的一本书里讲到蓟,说得涎津津的,找来吃,不知好在何处。没有在书里读到的鳄梨,如今却是至爱——可惜弄起来费事,无论拌沙拉还是做成墨西哥人的"瓜卡莫利"。日本人夹在寿司里,没味,大概旨在取其口感。鳄梨肉绵软而有微甘兼香醇的后味,但我不觉得和生鱼搭配是好主意。嫌费事是要付代价的,鳄梨切开,用小勺掏肉吃,也说得过去,但毕竟糟蹋了好东西。

懂吃、精于吃的朋友很有几位,聚餐的时候,能借他们的光,学着领略八方殊味。但我自己总是,也只能这样假装有感觉:要说吃,要求不高,一要咸,二要辣,三要香料多,葱姜蒜茴香八角,孜然草果迷迭香,只管往里扔。

自小爱吃凉拌菜,年纪大了,变本加厉,凡能生吃的蔬菜,不时吃生的。吃其鲜,吃其脆,吃植物的本味,同时眼睛也不亏:未经烹煮的植物,它的颜色和质感,还有挺拔的派头,实在太漂亮了。

玫瑰心

我吃过一些大概没有人或很少人吃过的东西,这是我很得意的事。有一些,说不定真是我的发明呢。

别出心裁的吃,自古多集中在动物身上。山珍海味不新鲜了,吃昆虫。昆虫种类多,尽够老饕们探赜索隐。台湾作家曾焰在《蛮荒散记》中写到吃竹虫,吃用以炒菜后刷锅水能辣死猪的辣椒,很够传奇。她说到土人吃蚯蚓,吃法吓人:拿蚯蚓当面条,洗净,碗里盛了,加上酱料一拌,手抓着往嘴里送,冰冰凉凉,滑滑溜溜,说是赛过凉面。

我弟弟告诉我,他去陕西,吃过一些怪东西,其中一种是放屁虫。开水烫过,去皮去头尾,剩下一块白肉,鲜嫩。这放屁虫啊,可是我小时候爬树玩最最讨厌的玩意儿了,臭得好不卑鄙。我说,随它怎么好,这类东西,一辈子不碰。

那么我吃的呢,当然都是植物。

辣椒植株最嫩的部分,两三寸长短,连茎带叶掐了,大油素炒,上面还带着花蕾和刚成形的辣椒。多棒。辣椒幼粒一点儿不辣,微苦。小白花完全无味,看着喜人。同样的吃法,还可应用于南瓜藤上,也要带花,带小瓜崽儿。不过南瓜藤表皮粗糙,多毛刺,须得揭去。叶子上的毛刺无法处理,吃时只好忍着点喽。

茄子的嫩头,似乎也能这样吃——不知道是否记错了。

有一种茅草,两尺长短。春天抽芽,乡下人会取其未放的芽苞,束成一把一把的拿到街上卖。剥开外叶,里面白白的乳花,入口绵软,什么味都没有。小孩子人手一把,嗑瓜子似的吃个不停。

还有就是皂角。大豆荚里的果实半熟,掰开果实,剔掉果仁,外皮内侧,有一层透明的胶质物,指甲大小和厚薄,咬起来很有劲,没味。小孩子也常吃。

大人笑话,说这就像吃脚底的老茧,因此称之为"脚茧子皮"。

吃茅草花和"脚茧子皮",我那时很奇怪,不明白有什么好吃的,难和各种果子比。有一种柿子的吃法,非常异类。未成熟的柿子,青涩无比。采来青柿子,埋在稻田里,过些日子取出,苦涩尽去,但也不甜。咬开,肉很硬,惨白色,沁着灰色的细丝,吃在口里有粉粒,还有轻微的涩。我特别喜欢那种粉粒感。

埋在稻田是笨办法，小孩子用的，但能自由支配，乐趣在私藏。在家里，可以放进坛子，用淘米水泡，坛口铺一层连花带叶的红蓼。红蓼生在水边，亭亭玉立，叶子辛辣。我一直迷那红蓼花，黄昏里，和红色的夕阳，红色的蜻蜓相互辉映，美得让人发呆。

因为熟看中草药图谱、有毒植物和救荒植物图谱，我敢吃各种野花野草。有一次尝过春天野蔷薇刚从土里钻出来的嫩茎，觉得不错，马上想到，家种的玫瑰粗大多了，一定更好吃。果然。那嫩茎一尺多长，足有拇指粗，剥了外皮，茎心淡青色，半透明而多汁，清香甘甜，甜中微苦，令人回味无穷。

九十九朵玫瑰算什么？哪一天我手剥一盘玫瑰冰清玉洁的茎心，试问天下有谁吃过。

进修过的甲鱼

不夸张地说，自小是吃甲鱼长大的。野池野塘里的东西，爱吃的就三样：黄鳝、甲鱼、鲫鱼。这里没算植物类的，否则，还要加上莲子和红菱（嫩的，生吃）。

甲鱼，我们那儿管它叫鳖。刚到纽约，一位前辈老乡请吃饭，特地点了砂锅炖甲鱼，说，听你爸爸讲，你最爱吃老鳖了。说完,笑眯眯地看着我。我一口下肚,顿觉不对:怎么这么肥腻,这么腥啊?我问他,您老以前在家乡,也爱吃这玩意儿吧?他说,那时候谁敢吃啊?长得那么丑,又凶,加上一蛇头。没人吃。在我劝说下,他尝了一口,说,还不如煎两条幺子。幺子是一种瘦鱼,刺多,肉少,没什么味,颇似日本人喜欢的秋刀鱼。

后来知道,此所谓洋甲鱼,花旗老鳖也。

我小时候家里敢拿甲鱼当大白菜,炖的炖,卤的卤,全仗着别人不敢吃,不屑吃。一买就是一堆,以至窗台上常常堆满了鳖甲,去废品收购站卖了,可以多一块两块零花钱呢。

炖甲鱼,不足为奇。加辣椒炒,也有。但放进陈年的卤罐子里卤,似乎还是我们那儿的专利。卤出来的甲鱼,尤其是鳖裙,滋味之美,没法细说。

毕业之后,过几年回家一次,渐渐地就吃不到甲鱼了。一则它味美,二则传说它滋补,更具体地说,是防癌。省城的来人,天不亮出车,一早赶到集市,见甲鱼就收。这样,当地人想吃甲鱼,就非常难了。即使有,价格也高得吓人。

今夏在北京,遇到多年不见的老同学,喝着酒,自然忘不了佐酒的尤物。说起甲鱼,我拍胸脯发誓,下次一定回去,不吃别的,就吃甲鱼。同学说,甲鱼啊,你就别想了,没那东西了。

此话怎讲？

同学说，野生的甲鱼，早已被吃光，就算有，在臭不可闻的河水湖水里长大，也没法吃。现在的甲鱼，都是人工养殖的。饲料里加激素，甲鱼见风长。这样的甲鱼，白给我我都不吃。

他说，光山的名菜，有人也编了一段顺口溜，道是"老鳖下卤罐，腊肉炖黄鳝，泥鳅拱大蒜，香椿炒鸡蛋"。排名第一的"老鳖下卤罐"，现在的甲鱼，还怎么下？人工养殖的，生长期短，放下去一熬就化了，拿筷子捞，只捞出骨头。

我哀叹：那就永远吃不着甲鱼了？

他说，野生的，你这辈子肯定是见不着了。退而求其次，吃半野生的。

何谓半野生？家养的甲鱼，喂饱了激素，长够分量了，捞出来，放回野塘里，自然生态，养个一年半年，再捞出来，当野生的卖。这种甲鱼，大家开玩笑，叫它"进修过的甲鱼"——不管学没学到东西，文凭总是有了。

味道呢？总比没进修过的强些吧。

2012 年 6 月 13 日

212

嚼破红香堪换骨

酷暑天气,晚饭后收拾一净,换上短衣,灌下一大杯加冰的饮料,气匀心定,坐在沙发上看电视,翻杂书。案头摆一盘凉幽幽的樱桃,边看边吃。窗外的残阳,虽然还是盛气凌人,毕竟不把它当回事了。

我喜吃樱桃,胜过同时上市的龙眼和荔枝。喜欢它的味道,也喜欢它的模样。洗净冰透,搁在玻璃盘或任何白色的碗盘里,看上去总是那么清爽和妍媚。浓妆艳抹向来和"清水出芙蓉"不沾边,但在植物这里,不管是花还是果实,看似矛盾的品质偏能水乳交融。也许只有一些热带花果是例外:它们气味太浓烈了。

印象里,唐朝人是最爱樱桃的。随便拿《全唐诗》翻一翻,上自皇帝,下到细民,文化修养不同,生活格调迥异,说到樱桃,大家口无异词地赞美,彻底和谐。中国是等级制度最森严的国家，森严得令人恶心了。"自从盘古开天地，三皇五帝到如今"，事情没有好转，只有变本加厉。唐朝开明超过今日，也还有官级，还有门第，可是一颗小小的樱桃，居然抹平了鸿沟。西方人戏言法律面前人人平等，人人平等，哪里有一丁点儿的可能？如果硬要找平等的典范，不如说"樱桃面前人人平等"好了。当然这平等也是有限度的。即如街上所卖，三元一磅和两元一磅的，自然有新鲜和不那么新鲜的区别。

在我小时候，任何水果都是奢侈品，更别提樱桃了。民间有说法，叫作"樱桃好吃树难栽"。在中国，大概是事实。我记得有一回我妈从朋友那里得到一捧樱桃，小心翼翼包了，拿回家，宝贝一样分给我们兄弟，口里念叨的，就是这句俗谚。那樱桃小小的，比黄豆大不了多少，颜色浅红，质地仿佛半透明。不知是品种的缘故，还是没有熟透，吃起来不很甜，有些酸，和美国樱桃相去不可以道里计。但如果仅就外形而言，我更欣赏童年的小樱桃，因其色彩更淡，更好看，也更青春。

樱桃早先的名字叫含桃，那是因为"莺所含食，故言含桃"。由此可见，中国原本的樱桃确实不大，否则春莺的小口是含不下的。又因为不如桃李习见，故为人所珍视。《礼记·月令》里说，"羞以含桃先荐寝庙。"地位相当崇高。唐人爱拿莺的典故说事，似乎一粒小小丹果，能与诗意盎然的鸟儿共享，乃是无上的荣耀。

关于樱桃的诗千首万首，我只常有感于老杜的《野人送朱樱》。写诗时他流落在四川，举头不见长安，杜陵的家园微贱不如一梦，而战火未熄，生活无定，触物所感，都是寄托。乡人馈赠一筐樱桃，他一见之下的惊叹居然是，"西蜀樱桃也自红"。这个小小的虚字"也"，在此重若千钧。这里有双重的对比：四川和长安，民间和朝廷。这两个对比是晚年杜甫升华到家国兴衰的一个心病。西蜀野人的樱桃居然堪比皇上的御赐，同样圆满和鲜红。可能的常识，变成了想象中的奇迹。他是没想到，还是故意不相信？或者说，他想到了，也相信，却故意这么说。因此，一筐樱桃，才会使他用了让无数后世大诗人服膺的妙句来赞叹："数回细写愁仍破，万颗匀圆讶许同。"

其实樱桃没那么容易破伤，未挑拣的樱桃，也不可能颗颗匀圆，大小如一。

我有时也带一小盒樱桃到办公室，以补天热胃口不好饭菜减量的不足。我想到从前有花草的破败小院子，想到敝帚自珍的往事。希望本来不多，成者不及万一，捆风捞月,人容易累。金盘玉箸无消息,迁移来迁移去,和心态及理想均无关。嚼破红香堪换骨,谁还会如此天真?不如暂且垂手,听一首舒伯特的三重奏吧。

2012 年 7 月 11 日

216

懒得担忧

最近仍旧多梦,而且不俗,证明想象力尚未枯竭。如果不是情绪强烈,不管是好梦还是伤感的梦,都不会让人醒来。我们做过的无数梦,都在遗忘中消失了,就像从没做过一样。梦是预警,梦是回味,梦是自己创造快乐,梦是把个人的焦虑放大几十倍,撕开来,像撕开一颗未成熟的无花果。心理学家大概认为,梦的作用在心理治疗。那么,即使所有的梦我们都从未意识到,它还是把我们改变了。时间可以治愈一切,治愈痛苦也淡化快乐,其实那时间是留给梦的,让梦完成它的工作。

早些年,我总是梦到在一个熟悉的城市流逛,找不到工作,居无定所,只要黄昏将临,即时惶恐无措。有时找到了工作,却是沉到最偏僻的角落,什么都不会,整天跟在别人后头,期待一次暗示、一次指点。他们像多年的老友,态度和悦，微笑不已，但没有人肯说话。

然后我梦到一次次奇怪的遭遇，见到很多奇怪的人：皇帝、神仙、女杀手、古代的诗人和疯子。在梦里，我的生活和他们的纠结在一起。我觉得这些奇遇有一天会像宇宙前的奇点一样爆炸，从而诞生一个新的、无限的世界。

有天晚上我梦到，我到了一家美国人的杂志社做编辑，主持一个栏目。编辑部坐落在一个阔大的带玻璃天棚的院子，院子地面保持自然，均铺淡白的泥土，洁净得可以随时躺下去。有树，都是大花紫桐，树荫疏而不漏。我的上司是一位中年白人女士，表情严肃，面目清秀。我送稿子给她看，她说，这段文字有问题啊，哪儿来的？我说，《时代周刊》上的。她说，拿原文核对一下。后来就久久坐在树下，桌子是野外烧烤用的那种厚重的长木桌，配套的是露天咖啡馆那样的铁皮椅。空气如同凝固，光影斑驳，时间漫长。正坐得昏昏沉沉，似梦似醒，听到有人叫我。抬头看，是图书馆的同事，站在我面前，俯身凑近我。我大概沉睡了很久，叫醒不容易。我的身子已经大半从椅子上滑落，视角向上，看到阔叶缝隙中碎碎点点初秋的天空。那个下俯的人，像树一样纤细修长。

我不知道是什么从梦中唤醒了我，也许是几条街外小

218

狗的叫声，也许是我的脚伸到被子外，感觉到下半夜的凉意。在真相就要揭开的瞬间，我醒过来，摸到后颈的一层汗。

立在没开灯的房间，流水的声音犹自在耳，手腕上一抹寒爽，想着刚刚离开的梦。人居然可以这样大跨度地穿行在无数世界之间。人可以是，也可以不是。如果时间并不确切，真假的意义也就不像我们以为的那么重要。或者说，每一个状态都是状态，因此也都是好的。

很快再次沉沉睡去，有时会想起昨晚回味梦境的情景，想得起来的只是感受，梦却毫无影子。

韩愈的父亲韩仲卿说过一件事。有一次他在梦中见到了曹植。曹植死的时候，已经四十岁了，但韩仲卿见到的曹植，还是一个翩翩少年。仲卿当然认不出他，尽管觉得似曾相识。曹植说，他的文集如今在建邺姓李的人家里，拜求仲卿找来，整理出来，写一篇序，刻印成书，流布人间。仲卿点头答应了。少年走远，忽然又回来，说，忘了告诉你，我是曹植曹子建啊。韩仲卿后来果真得到曹植的文集，就把它分为十卷，作了序，出版了。

曹植和他哥哥争位的故事，我想后人是夸大了。以曹操的眼光，怎么会选择他这样的公子哥儿诗人继承大统呢。但韩仲卿梦里的曹植，给人的寂寞是实在的。他的心

219

愿那么微小,过了几百年尚不能满足。

　　有天凌晨,儿子突然闯入房间,说他做了一个可怕的梦,醒来害怕,让我过去陪他。他那间屋子比较小,让床和桌子等物堆得满当当的。窗外是另外一栋楼,两楼之间有棵树,高挺的树干上部舒展开的枝丫,正好高出窗户一点点。这里太逼仄,白天鸟也少来。但那树显见仍然活得自在,叶子的绿色都是沉甸甸的。

　　儿子几乎立刻睡去,我没有,一直看着屋里的物件在暗色里逐渐清晰。街上似乎还有人说话的声音,车声反而隐约难闻。

　　早晨起来,本想问问儿子做了什么样的梦,一转念,自己的梦不是都忘了吗?他的也未必记得住。更何况,好梦和噩梦一般来说创意不多,是很具体、很急功近利的一类。不像那些闲散的梦,和现实八竿子打不着,如同两人一整天都坐在临水的园子里下简单的五子棋。又想到,这几个月来,记得的做梦虽多,完全没有恐怖的梦。这说明我已经学会习惯把事不当事,放任自流,对自己也不鞭策了。真的这样了?还是,更单纯的,就是懒。懒得去害怕和担忧了。

2013 年 10 月 1 日

慢　板

好多年以前，一个从未到过美国的朋友对我说："我对美国的全部感觉，都来自德沃夏克《第九交响曲》的第一乐章。"

那时的美国，还处于鼎盛时期，是很多了解和不了解它的人的梦想。但我从一开始，就生发不了德沃夏克《第九交响曲》第一乐章那样的激情，而是一头扎进了第二乐章的广板。这个迷人的慢乐章，被多次改编成歌曲，其中一个汉语版，由一对姐妹歌手软绵绵地唱出来，唤作"念故乡"，开头两句歌词是："念故乡，念故乡，故乡真可爱。"美国人对这首诞生于曼哈顿东 17 街 327 号的交响曲情有独钟，说那是德沃夏克从通俗诗人朗费罗的《海华沙之歌》中得到灵感而创作的。老德的一个美国学生更言之凿凿地宣称，广板描述的正是诗中海华沙和情人的告别。

对这些刻意美国化的说法,德沃夏克并不认同。这个在他最著名的几部作品中总是如月普照的思忆主题,据说埋藏着一段刻骨铭心的往事:他对妻妹约瑟芬娜终生难忘的爱。早年的声乐套曲《柏树》讲的就是这段失恋故事。

在很多人心目中,《第九交响曲》的第二乐章,对爱情的追忆升华为乡愁,变形为乡愁,在乡愁的外衣下面,除了对爱情的追忆,什么都没有。基于此,这个乐章超乎寻常的感伤和甜蜜才是可以理解的。

在德沃夏克的大提琴协奏曲(大提琴协奏曲中最动人的一首),在他的《F大调第12弦乐四重奏》(《美国四重奏》)中,笼罩了慢乐章的,大概还是这个思忆主题。我甚至觉得,就连钢琴三重奏《杜姆卡》中,也有那么一丝半缕"只是当时已惘然"的味道。

《美国四重奏》中的广板,可算如泣如诉。当大提琴和第一小提琴的甜蜜对话,变为两把小提琴深情的合唱,到最后,只剩下大提琴孤零零地、无比忧伤地叹息时,听者怎能不愀然动容。那是什么样的境界呢?柳词中有"每登山临水,惹起平生心事,一场消黯,永日无言,却下层楼"(五句,二十多个字,一口气几乎接不下来,才等来一个韵脚,柳永就是这样来传达他内心的压抑的),吴词有"隔江人在雨声中,晚风菰叶生秋怨",差堪仿佛。相比之下,柴可夫斯基满街流行的《如歌的行板》,未免太甜了。

其实,音乐的不确定性,给了听者想象空间。即使我们不知道约瑟芬娜的故事,即使德沃夏克压根儿就没有这段故事,我们总是能听出其中的思念情绪。音乐把我们要说的话说出来了,而且说得那么好,我们不能不为之感动。

我去探访过德沃夏克在纽约的故居,赶上不开门,看了看门外的铜牌了事。附近的小公园里,立着他的雕像。后来好几次路过那一带,在公园歇脚,赶上春花,赶上秋叶,沉在不温不火的阳光下安坐。我羡慕学音乐的人,无论是会作曲的,还是能演奏的。我觉得表达情绪,文字比起音乐真是太笨拙了。

附记:

　　爱上小姨子,又从而传为佳话的,最有名的例子便是清初大诗人朱彝尊。他爱上了小他七岁的妻妹冯静志,《桂殿秋》写二人同舟共渡,秋山如黛,秋水生愁:"共眠一舸听秋雨,小簟轻衾各自寒。"写得何等蕴藉。两句十四个字,论者以为抵得上一篇《风怀诗二百韵》。《风怀诗》出自同一本事,友人劝他不要收入《曝书亭集》,他一口回绝:"吾宁不食两庑豚,不删风怀二百韵。"

你只能活两次

邦德电影看多了,意思不大,因为没有悬念。不管情境多么夸张,反正007死不了,美女美酒却一定管够。不过,片头的主题歌和特技画面倒是很喜欢。身子长长的女人在手枪枪管上翻跟头,男男女女在空中飘,做梦似的,慢慢悠悠。枪口仿佛魔术师,打出任何东西,包括一杯酒,和迎上来准备接吻的红唇。要是配上莫扎特的《钢琴奏鸣曲》,效果肯定不错。

主题歌里最好听的是 *From Russia with love*、*You only live twice* 和 *Only for you*。有一首是路易·阿姆斯特朗唱的,不好。阿姆斯特朗的声音太沙哑,情歌也带着苍凉,不是007影片花天酒地、没心没肺的情调。

晚上在家听老唱片,听到 *You only live twice*,心有所动,那几句俏皮的歌词,拿来形容喜欢码字的人,恰如其分：

You only live twice
or so it seems
one life for yourself
and one for your dream

梦就是梦，付了代价它也不能成真。歌手用邦女郎的口吻劝人，说"这个梦是给你的，只要付出，梦就成真"，轻飘飘的甜蜜，让人想起肉糜解饥。"人只有一辈子好活"，本是我听过的最残酷的一句话，现在说"你只能活两次"，好像故意来破我心中的执。活在文字里，活在另外的身份里，等于把时间重叠起来，虽然还是那么长，却多了几层，可以翻开来，一层一层地看。苏东坡好像也说过类似的意思，还有《维罗妮卡的双重生活》，不过那是把两个人的世界叠加在一起。这当然也很温暖，因为时间变得更有密度，更丰富了。

邦德的扮演者只有年轻时的康纳利好，只有他是英俊又风流。其他的，英俊而已。世界上的事，两全其美的很少。生活中没有的，期望在文字中得到。实际上，生活中没有的,文字中同样没有。文字的好处,不过是一点自由和随意。小资也好,老气横秋也好,假装超脱和风趣也好,不管是否合适,自己玩。

没有歌词的音乐比文字更自由。人比不了文字,更比不了音乐。

此刻正听着贝多芬的钢琴曲——《为丢失的一文钱发怒》(*Rage over a lost penny*),活泼欢快得不行。据说贝多芬作此曲,缘于他亲眼看到一位博学的教授满屋子乱爬,钻到家具底下,搜寻丢失的硬币。如果不是读唱片上的说明,谁会想到是这么一个荒唐的题目。就音乐而言,你说它表达的是《闻官军收河南河北》或踏春嬉游的喜悦,那也很恰当。

你只能活两次,意思就是,人都有两条命,一条在现实中,另一条在梦里。

2009 年

天蝎座

　　早晨进图书馆，先在楼下抓了一本侦探小说，以便喝咖啡时看。是露丝·伦德尔的《黑暗之湖》，开篇第一段话："天蝎座是玄学、腐败和死亡，是再生、激情、欲望和暴力，是洞察和深奥，是继承、耗损、神秘和占星，是借入并借出他人的财物。天蝎座的人是魔法师、占星家、炼金术士、外科医生、债券经纪人和葬礼承办者。天蝎座的代表宝石是蛇石，代表植物是仙人掌，代表动物是鹰、狼和蝎子。它的自卫手段是强制性的痛苦。代表它的塔罗牌是死神。"

　　我就是天蝎座。我没见过蛇石，我不喜欢仙人掌，我爱的动物是鸟、狐狸、猴子、老虎，还有猫。我能洞察死者的思想，不能窥知生者的内心。我喜欢可理解的、自由的、容许亲近的神秘，正像我接受能和其对立面互换的一切神圣。人只要不与外物为敌，就无须自卫。圣人处物不伤物。远离痛苦——痛苦既非自爱,也无助于自尊。痛苦不能伤人,如何作为抵抗的手段?

天蝎座与秋天相关,以宁静为上。

魔法师使我想到阿拉伯人,想到《天方夜谭》,想到变化。变化中那些轻灵的、优美的类别,是庄子的,不是博尔赫斯的,更不是黑暗时代之宗教的,因为它们和邪灵以及迫害狂的恐怖相联系,归结到暴力和死亡,这恰恰是我深恶痛绝的。阿拉伯人的幻术让唐朝人倾倒,结出那么丰硕的果实,即便是板桥三娘子那样的邪恶,本是恐怖片的好素材,却让唐朝人改造为愉快的游戏。作法者受到惩罚,但以一笑告终。

腐败与死亡相关,玄学不然,玄学是超越生死之上的。玄学因为王弼而闪耀着生命的光芒。有个朋友做诗说:前身应是王辅嗣。我对他说,王弼有什么好?他才活了二十四岁。

我喜欢失眠的夜晚,假如能有安宁的街巷让我任意游荡,假如通宵开着的小店还有可口的简单食物和清淡的酒,假如有亲近随和的人陪我闲坐闲谈。哈里发在细密画一般的花园里总是邂逅奇怪的人物,要么美丽,要么高贵,难怪他的失眠症永远治不好。我偶尔失眠。假如第二天没有工作,不需要早早起床,我会做很多使自己高兴的事,做有用的事:看电影,读侦探故事,读古代传奇,泡茶,吃泡饭,就着腐乳、拍黄瓜、切成细丝的大头菜。吃热乎乎的泡饭时,读最令人愉快的怪异故事,然后,拥被而坐,开很小的灯,继续看书,看画册,直到困倦,或另一次饥饿,那时候,最好天色还只微白⋯⋯

作为天蝎座,属于秋天,我的欲望微小。让我发自内心的欢喜的,是很多人不屑一顾,或从来不曾想到的事和物。我甚至不祈求太长寿,尽管我一直畏惧死神,哪怕是《第七封印》里那样彬彬有礼、言出必践的死神。我能做的事很少,而时间不能补偿我太多。

我习惯等待,但不过分相信等待。等待是美德。诚然,等待使我们不知不觉地变得高尚起来,等待确实使我们更丰富。但不可否认的是,等待有时候是懦弱,是不可抑制的退让,在我们不忍把希望放弃的时候,等待虽然是一个很好的安慰,其实它归根结底是欺骗。一句话,它是徒劳的。

没有强制性的痛苦,只有强制性的快乐。痛苦自然而然,快乐好比盆景。

也可以这样说:快乐是花园。失眠者的花园。

2013 年 10 月 3 日

谎言与微笑

读过一些关于刑侦的纪实文学,其中提到,有经验的预审员能根据嫌疑人的表情和肢体动作,看出他是否说了真话,是否有所隐瞒,看出他在回避什么,弱点何在,哪里是突破口。这样的专家,放在实际生活中,是有点可怕的。想想看,哪个人没有一点隐私呢?不说道德,即使仅仅为了礼貌,人也免不了要说谎或顾左右而言他的。能够窥探他人内心的人,一是要存善念,二是要懂得,人的很多本事,是备而不用的。我曾试过在大众场合学习观察人,没有效果。因为懒,因为到底没兴趣,也因为缺少天赋。工于说谎和识破别人说谎,除了有心,都靠天赋。《三联生活周刊》刊登过一篇介绍说谎和人类表情关系的文章,有意思的研究成果有两点。

第一,人是随时随地都在撒谎的,专家统计,普通人在

231

十分钟的对话中平均撒三个谎（文章没有透露这一数字是如何统计出来的，想来大概用了测谎器。另外，实验对象为外国人，中国的国情未必如此）。撒谎的动机更是五花八门，其中最要命的一种是，说谎人没有目的，只是习惯，因此撒谎的方向无法确定。说没有目的，可能绝对了一点。我的感觉，凡是习惯，总和快感有关。也就是说，无功利的撒谎纯属个人娱乐。这种撒谎，多是向上的夸张，旨在加强说服力，或不自觉地炫耀。爱好而且善于夸张的，多半成为写作者。

第二，人脸是高效的交流工具，脸上的四十三块肌肉可以组合出一万多种表情，其中三千种具有情感意义，各自传达特定的情绪信息。

三千种意义，大概只有像杰克·尼科尔森那样导演敢给他一分钟大特写的演员才能充分使用吧。像格丽泰·嘉宝，不管是真是假，老是那么傲慢和冰冷。表情再丰富，她用不上，浪费。在品类如此丰富的表情面前，人类的语言显得贫瘠单薄。七情六欲，就算用乘法，也只四十二种，佛家尚嫌其多，我也时常恨不得删掉其中折磨人的几种。剩下来的，分纲分目，分科分属，细目，细细目，交叉搭配，能分出多少？何况还有七千种与情感无关的，那是什么？如果不是机械动作,难道都是逻辑,都是想象,都是哲学?

潜力啊潜力啊!在小小的面部表情之外,人有多少潜力未曾得到发挥?过往的无数文盲中,不知该有多少比李白和莎士比亚更伟大的诗人。

撒谎的人被识破,据说最常见的原因,是其身体语言与口头语言相矛盾。拳头捏紧表示紧张,抖腿表示在骗人,咽唾沫和眼光躲开表示被击中了问题的要害,这些都是常识了。但更多更复杂的,就不是一般的人能表演出来、识别出来。据我读过的故事,在身体语言的造诣上,警方的预审人员胜过心理学教授。

身体语言中,表情最丰富,也最直接。

在画像和照片中,表情为这些沉默静止的形象配上了解说词。蒙娜丽莎的微笑是西方艺术中的悬案,尽管对它的过度解读很大程度上不过是知识分子玩不够的游戏。但是,悬案终归是悬案,毕竟没有哪一种说法被普遍认可。普林斯顿大学的希尔文·汤姆金斯教授,基于对人类面部表情的研究,得出了新的"结论":蒙娜丽莎微笑时,只牵动嘴角的肌肉,脸朝向一边,而眼睛看着另外一边,这是调情时才有的微笑。

被画时的乔孔达夫人,一个脸庞饱满赛似男性的美妇人,在局限于特定有限空间的几小时,几天,一直面对着的是画家本人。那么,她调情的对象,便是画家达·芬奇?

这也是已有的说法。

读唐纳德·萨松(Donald Sassoon)的 *Becoming Mona Lisa*(台湾译本改名为《蒙娜丽莎五百年》)时,曾长久地端详过那幅油画,可说真的,我什么也看不出来。笑意纵然有,也淡得仿佛哈口气就把它抚平了。戈蒂耶、佩特、邓南遮,无数作家和艺术史家有关这张丰满女人面孔的深刻遐想,全都让我瞠目结舌。倒是达·芬奇的另一幅名作,《抱白貂的妇人》,萨松形容她,表情"微带嘲讽,显得神秘莫测","斜视的目光似有挑逗的意味",看了之后,如踏实地,坐过山车的眩晕感总算消失了。

顺便提一下英国散文家佩特对蒙娜丽莎的经典描写:"这个在水面冉冉升起的如此奇妙的幽魂,表达了千百年来男人所向往的一切。她的面容倾倒了众生,但她的眼睑对此已透出厌倦。这是一种从肉体内部,一个细胞一个细胞,用奇思异想和美妙的激情,塑造出来的美。让她和那些莹白的希腊女神和古代美女共处片刻,她们会对经历过心灵的所有疾患的这种美,感到多么不安哪!能够用外在的形式提炼和表现出来的人世的所有思想和体验,希腊的肉欲、罗马的淫荡、充满精神上的野心和想象中的爱情的中世纪狂想、异教世界的卷土重来、波尔基亚家族的罪孽,都铭刻和熔铸在这张脸上。她比她身坐其中的岩石还要古老;和吸血鬼一样,她已死过多次,熟知死亡的秘密……"

这哪里是一个有血有肉的女人?她是金庸小说里的天山童姥,是哈葛德小说里千年不死的荒漠女王。

王尔德说,这幅画向我们揭示了一个连它自己都不知道的秘密。王尔德没有说,这个秘密,不管它是实际存在的,还是后人臆想的,都不重要,重要的是这个秘密赋予蒙娜丽莎的表情深刻的含义。所以,即使是谎言,即使是虚构,也比什么都没有好。

2010 年 1 月 26 日

知堂随笔

　　周作人写过几百篇长短不一的读书随笔，格式差不多，但总体水平高。他基本上是清代学者的路子，从书中寻找材料，敷衍成篇，虽然考证不多，方法无异。鲁迅不专门写读书随笔，但他很多杂文实是第一流的读书随笔，因其着眼点甚高，所说题目甚大，一般人不会意识到这也是读书随笔。从思想性和高度的思辨性来看，鲁迅具有西方哲人的气质，但他行文方式是中国式的，深入浅出，语气亲切，没有学院气。他的文字造诣高深，然而痕迹化尽，看起来像信手拈来。说个很小的事例吧。随笔杂文一类，本来就靠学问支撑，引证是能够增加阅读趣味的。寻常人一篇文章引用了多少书，就像古诗里的用典，一二三四，清清楚楚。鲁迅不然，他用典无痕。一个人读了全套的鲁迅文章，也读了其他人的全套文章。两相对比，他可能觉得，鲁迅读的书不如人家多。其实正好相反。你要读过他读过的那些书,才知道鲁迅的文字是有博览精思作基础的。

知堂的"抄书体",寻常人不敢为。我写随笔,尽量不让引文超过四分之一或三分之一的篇幅。郭沫若和知堂读书作文,有一习惯,读时在书里做记号,夹纸条。读毕,将重点标出的部分再浏览一遍,按内容排顺序,加以串接,便成一文。这不是我总结出来的,是他们自己讲的。这种办法看似简单,但若无识见,还是做不来。李慈铭的读书记,也是以抄为主,点两句自己的看法,要言不烦。有人以为这不是自己的文章,是抄书。但我读李慈铭,觉得就是极好的读书随笔。知堂是同样情形。倘有人以为,一篇文章,作者自己的话不到几分之一,其余全是引文,就不算文章,大错特错。要知道,一万个零加起来,还是零,不如一个一,一个二。废话就是零。

知堂一辈子讲哀悯,奉"嘉孺子而哀妇人"为至理名言,就此一点,我就佩服和敬重。他的文字老到,火气消尽,但无损其有力。寻常语言,能说到事情的极深处。他崇尚朴学,三四十年代的文字,能得清代学者笔记的好处,这和鲁迅的路数不同。唐以上的诗文小说,他就不是太有兴趣,读得不多。南北朝杂书,他最爱《颜氏家训》,我则喜欢《世

237

说新语》和王嘉《拾遗记》一类的志异之作。这儿本书的趣味和风格颇有区别，人的性情不同，所好自然有异。即如他们兄弟，在中国古代文学，鲁迅喜欢古小说，周作人喜欢笔记；在外国文学，周作人偏爱日本文学和古希腊文学，鲁迅则喜欢近代的"摩罗诗人"和叔本华尼采那样的悲观哲学家。

知堂善于抄书。读过他抄过的书，发现一本书里，有意思的几段，常常被他网罗一尽。有些不太出名的书，可取之处本来不多，十几卷里，可能就那么三条四条，恰恰都被他发掘出来。不能不佩服他的眼力。写较长的文章，汇聚多处的材料，如《鬼的生长》，他的抄法是专取与题目有关的部分，而且各书的内容要能互相弥补，互相衔接，互相发明。这样的文字，慢慢读，很适合消遣。佛教戒律我是一窍不通的，知堂读戒律居然也能读出趣味，你想想，这是什么本事？他自称前世是和尚，然而不喜欢秃发，可惜他没有更详细地说出理由。我赞同他的看法，纯出感觉，就像龚自珍不喜欢病梅。

1949 年后，孙犁和黄裳写过一些不错的读书文章，但相对散杂。以周氏兄弟为标准，格局稍小，范围稍狭，学识和深刻性都有距离。孙犁诚恳，从不装腔作势，故作高深，

238

文字如清溪见底,我很喜欢。黄裳藏书,也爱谈他的藏书。他的文章,和一般的读书随笔不尽相同。当然他也发议论,时有可取之处,毛病是偶尔或流于刻薄。在《旧戏新谈》中,有些话就说过头了。肖斯塔科维奇访美,对记者不合适的追问就颇多抱怨。看问题尖锐是优点,但尖锐的同时务必具有理解和同情。孙犁厚道,性情恬淡。沈从文说自己是乡下人、老实人,孙犁也是。当代读书能和二周相比的,我相信没有——钱钟书先生那一辈,还是从民国过来的——况且读得多,不一定有见识,再要求会写,难上加难。有些盛名之下的作者如多读读东坡的题跋,折中矫枉,是会有好处的。

一流的文字,读的人得小心。诱惑力太大,一读,就忍不住想去模仿。早年读周氏兄弟,一次不敢多读,怕自己掉进去。孙犁的《书衣文录》,宛然当代的苏黄题跋,清茶一杯,可以涤烦。

2011 年

杨绛和钱钟书

　　秋天,读到杨绛在《文汇报》上发表的新作,五篇回忆性质的短文,赞叹不已。她已经一百零二岁了,头脑还这么清醒,还能写这样的文章。假如天地在世界的任何地方都如圣人所言是无偏私的,在杨绛这里,它有了一次破例。五篇文章,回忆母亲,回忆三姐,回忆"五四"运动,回忆张勋复辟,文字简朴一如小学生作文,不紧不慢,娓娓道来,深情所托,早已越出作文的藩篱,而纯乎天籁了。在《回忆我的母亲》一开头,她说写过回忆父亲和姑母的文字,就是没有写过关于母亲的,原因是接触少,又觉得母亲只疼大弟弟,不喜欢她。接着不假转折,立刻写起母亲的几件小事,最后说:"我想念妈妈,忽想到怎么我没写一篇《回忆我的母亲》啊?我早已无父无母,姊妹兄弟也都没有了,独在灯下,写完这篇《回忆》,还痴痴地回忆又回忆。"

身边的亲人全都已离去。女儿死得早,钱钟书先生也过世十五年了。只剩她一人,"独在灯下",读书写作。此中情景,在她笔下写得很淡,但在读者,确实要回味再三的:"我现在睡前常翻翻旧书,有兴趣的就读读。我翻看孟森著作的《明清史论著集刊》上下册,上面有钟书圈点打'√'的地方,都折着角,我把折角处细读,颇有兴趣。忽然想起这部论著的作者名孟森,不就是我小时候对他曾行鞠躬礼,称为'太先生'的那人吗?我恨不能告诉钟书我曾见过这位作者,还对他行礼称'太先生',可是我无法告诉钟书了,他已经去世了。我只好记下这件事,并且已经考证过,我没记错。"

钱杨志同道合,伉俪情深,吴学昭《听杨绛谈往事》曾写到杨绛在钱先生去世前后的情形,令人感动。她得高寿,且到老不停笔,实非偶然:"《钱钟书集》于2001年1月出版,钟书本人没有见到。他自从确悉爱女已去,病情急剧恶化,到后来更加气虚体弱。杨绛每天仍去看他,尽量帮助他减轻痛苦,给予安慰。以前两人见面总说说话,后来钟书无力说话,就捏捏杨绛的手,再后来只能用眼神来交流了。

"杨先生说:'钟书病中,我只求比他多活一年。照顾

人，男不如女。我尽力保养自己，争求夫在先，妻在后，错了次序就糟糕了。'

"1998年12月19日凌晨，医生感到钱先生情况不好，连忙通知家属。杨绛赶到床前，钟书等不及，自己合了眼，一眼没合好，杨先生帮他合上。钟书的身体还是温热的，她轻轻在他耳边说：'你放心，有我哪。'据说听觉是最后丧失的，钟书该能听到杨绛的话。"

杨绛看事，比钱钟书更加机敏和豁达。她的小说和散文，我觉得都胜过钱先生。钱钟书有才子气，学问大，志趣高，不免矜才使气，下笔不予人情面。杨绛乱世求存，懂得与各类人物周旋，遇事镇定，有心计，也知道善用关系。她的文字锋芒不露，出语有度。钱先生妙语讥讽的时候，杨绛不动声色，但她的意思，读者照样明白。《洗澡》胜过《围城》，胜在有节制，不夸耀，叙事的节奏和轻重控制得非常好。《洗澡》中的男女相知相亲，更是《围城》所没有的。《围城》是痛快淋漓的炫才之作，只可有一，多则不堪。钱先生的《百合心》如果真的写完了，我想他势必会另辟蹊径的。

钱钟书的了不起，在做学问。最喜欢他的《管锥编》和《谈艺录》。《容安馆札记》和《中文笔记》尚未出排印本，但就学者引用的片断来看，已足够唤起期待。每次想谈一谈唐诗时,都暗自庆幸,钱先生主要功夫是花在宋诗上,受父辈影响,也关注清诗,幸亏他没有专攻唐诗,否则,将给人多大的压力啊。

吴学昭的书里配有一张杨绛在钱先生遗体前的照片,说明曰"依依不舍送钟书",十分令人动容。

2013 年 11 月 26 日

杂文三题

尊题和胡说

谈民国人物,一直是个流行的题目。任何题目一旦流行,情形必然是:知道的人谈,不知道的人也谈;值得谈的人物有人谈,不值得谈的人物也有人谈。往文化上靠的,谈民国的大师;往世俗上靠的,谈民国的美女。大师有限,到最后,拣人家剩下的,不是大师,只好自造大师。这年头说来奇怪,就连胡兰成那样的,也有很多崇拜者。是崇拜他敢当汉奸,会玩女人,还是崇拜他的学问和才华?假如是后者,就那笔娘娘腔的文字,也有人甘拜下风?

物以稀为贵。假如这句话有道理,是不是意味着,当代因为大师稀缺,或者说,压根儿就没有大师,整个社会才一窝蜂地向大师靠拢?

翻民国的陈年旧事,这只是"大师热"中的一派。还有一派,不甘厚古薄今,便从当代寻觅。不劳上穷碧落下黄泉,身边居然俯拾即是。于是各个领域,大师纷纷出世,衣长袍,拄竹杖,一手毛笔字,一把好胡须,两眼望天,喃喃自语。感动得那些善良的、盼望着祖国早日文化复兴的人热泪盈眶。

据说现在人心思古,师生名分重又变得值钱了。你的老师若是大师,你就是大师的高徒,乖乖,可不得了,这牌子也能卖钱。于是我们就看到有人在电视上 T 恤衫楚楚,旅游鞋矫矫,三跪九叩行拜师礼。虽然有人愤其仪式不合规范,毕竟后来书卖得很好。

挖掘作古的大师,树立健在的大师,不管用心如何,也不管真假如何,总是对文化的尊崇。各人能力有异,事情办得有好有差,态度无可非议。但民国派和当今派中的一部分人,却有一个共同的习惯,是令人很不敢苟同的。

这些以崇奉大师为己任的,好说一句话,很像古辞赋中点题的"乱曰":斯人已逝,高风难再,一个时代过去,这样的大师,再也不会有了。云云。

过去的事,可以知道;未来的事,如何断言? 就算是王国维和鲁迅那样从不自称大师的绝代大师, 你怎么知道未来一定不会再有呢?

太远的不去说。李白杜甫,是叫人高山仰止的。李杜之后,就没有诗了？当然不是,我们有苏东坡。东坡之后,就没有文学家了?当然不是,我们有曹雪芹。《红楼梦》是巅峰,可是在它之后,我们还有鲁迅。但鲁迅也不是文学的终结,我们还会有像鲁迅一样伟大,甚至比鲁迅更伟大的大师。

更为荒诞的是,因为"高风难再派"的风行,结果我们发现,如今写任何人物的传记,天晓得传主有什么作为,哪怕只是官混到了一定品级,或在名大学熬资历熬成了教授,或只是因为有点姿色,嫁了大人物,亦照例在文中加一句,"如此人物,再也不会有了啊"。

古人做诗,有所谓"尊题"之说。为了突出主题,作为陪衬的那一面,常被极端夸张地贬低。比如韩愈写《石鼓歌》,为了突出石鼓文内容的重要,不惜"骂"孔子没眼力,编订《诗经》时把它遗漏了:"陋儒编诗不收入!"为了突出石鼓文书法之好,不惜"骂"王羲之的书法:"羲之俗书趁姿媚!"但因为是尊题,读者明白韩愈对孔王二圣并没有大不敬,《石鼓歌》一直被视为名作,韩文公也一直是儒家的卫道之士。

如今,再谈言论自由已经显得可笑,因为到了胡话作高言、妄人称奇才的时代，一切逻辑和常识尽可抛之脑后，辟谷三十年算什么，一眼看透三世算什么，只要懂得从火星上拿博士学位，张口会背"都都平丈我"，通通大师的干活。

国学天才

提到"国学天才"之类，首先想到的一句话是"揠苗助长"，其次是王安石的《伤仲永》。其实，今天的国学天才，和这两个掌故都无关联。当年合肥的中国科技大学特设"天才班"，报纸上也是很热闹了一阵子的。其时我在中学，也要参加高考。看了关于神童们的报道，又是羡慕，又是嫉妒。嫉妒的结果，心里很不服气。其中一位，说是语文了不起，能做旧体诗，报道里引录了他的一首七律。我总是读过《唐诗三百首》和《宋诗一百首》，外加《千家诗》和毛泽东诗词的，一看，这不就是小孩子的打油诗吗？除了八句五十六个字和七律一样，其他的，全不沾边。心里想，若论打油，还不如我打得好呢。

科技大的少年神童班，几年后还有记者追踪报道，再以后，便不见声息。事过几十年，往事可以回顾了，听见有人议论，说看来是失败了。

明代人的笑话里，有从佛经转引而细节更生动的故事。富翁盖楼,要高,要富丽,不仅奋起直追,还要后来居上。工人开始干活,富翁看着,大不乐意。因为这楼是从根基到一楼慢慢盖起的。富翁就对工匠说,我这楼,要比别人高,方圆百里,必须第一。我不要一楼,一楼不是楼,你直接从二楼给我盖起。

办少年班像不像从二楼开始盖楼?我不敢说。但有一点能肯定,当今的社会,尤其是在我多少有所了解的文化界和学术界,想盖楼的人如鲫如蚁,愿意深打地基,从平地做起的固然也有,只想从二楼甚至七楼八楼开始盖的,可能更多。媒体不分青红皂白地宣传,等于把那栋无根基的建筑的下部,用漂亮的花布围了起来,民众只看见模糊的部分高入云端,脖子自然要仰得疼起来,一疼,便油然而起敬慕之心了。

当年神童的诗作,不信全国的大学中学里,没一个看得出其真正水平的人。我的一位老师,他就知道谁家的对联写得不同凡俗。然而一呼百应,不闻异词。如今的国学天才,不信阅卷的老师没人能看出那所谓古文没有一句是通的(抄来的除外)。当事人吹牛说,十年读古书两千部,平均每年两百部。十年前,不过一个八九岁的孩子,一年读两百部古书,还能精通?这样的奇谈,媒体的记者、编辑、

248

副总编和总编们,自己难道会相信?

二十世纪八十年代初,介绍外国文学的书风行一时。一本外国文豪逸事里说,巴尔扎克平生用力甚勤,光写作笔记,就记了五万多本。我一算,一年三百六十五天,一百年才三万余天,老巴就算活到一百岁,从出生那天开始记笔记,几万本笔记,一天得写好几本。一本,少说也得几十页吧。难怪他老人家忙得一天要灌几十杯黑咖啡。

我正奇怪报纸和民众不至于那么没脑子,却从一位做中学教师的朋友那里听说:发现一个"天才",不仅他的老师、班主任,他的学校、校长,地方教育局,直至县长们,都与有荣焉。

如果说揠苗助长是闹剧,仲永的故事就是悲剧。"泯然众人矣",不失为一个寻常的人。养成虚妄的风气,那就一辈子不仅害己,还要危害社会。苗是寻常的苗,非要以不寻常自居,所以是闹剧;仲永确是天才,可惜毁于俗手,所以是悲剧。比起闹剧,我宁可看悲剧,因为在王安石记下的悲剧中,至少那开始的不凡还是真的。

我们读过的《二十四史》

闲览微博,看见好几位博友转发了这么一条:"现在有

249

个图书选题，书名暂定为《那些年，我们读过的〈二十四史〉》。集中展示读过《二十四史》的达人成长故事，特别隆重推出十三岁时看完了《二十四史》大部分的蒋方舟、十四五岁把《二十四史》都读完的李承鹏、高一通宵苦读《二十四史》的韩寒。"

跟帖很多，不及一一细看。我很敬佩的一位人在日本的治宋史的学者，很惭愧地留言说，看来我算不上个学者了。我立刻跟帖说，你不算学者，相比之下，我只能算文盲了。道理很简单，直到今天，我也只断断续续地读过《二十四史》中的《史记》和《汉书》等寥寥数种，而且没有一种是通读了的。

有跟帖引用了韩寒的自述，大约是，高中时候，他不仅熬夜通读《二十四史》，同时还在通读钱钟书的《管锥编》。

关于《管锥编》，我倒是可以说几句。三十多年时间里，中华书局老版一套四本的《管锥编》，我读过不止一遍。有些条目，因为兴趣所在，反复读，抄录引用，总算读明白了。但我得承认，钱著的绝大部分内容，不是仅读其原著能够弄懂的。比如他谈王安石的诗，你如果没有读过王安石的诗，对他所言，你能有什么理解，你知道他说得是否有道理？钱著旁征博引，他提到的书，如要一一浏览，有所心得,除非专业人员,一般人是不大可能做到的。因此之故,我对高中生酷爱《管锥编》,别无选择,只有佩服,就像我小时候佩服李白有耐心把一根铁棒子生生磨成绣花针一样。

中国人一向津津乐道绝世的天才和奇才,古书里的例子,举不胜举。像《三国演义》里某某人看过一遍曹操的兵书,立刻背诵出来,让曹操以为这书世上早有,并非他原创。曹公得意一变而为羞愧,本可传世的名著毁于瞬间。这故事虽然也不靠谱,毕竟容易理解。古文古诗,因有节奏韵律,语言简洁,是适合背诵的。白话文很难背,至少对于我是如此。从前有人回忆,记得好像是钱君匋,说茅盾先生能背出一百二十回的《红楼梦》。郑振铎不信。开明书店老板章锡琛说:"如不信,可以赌一桌酒,请君匋做证人。如果背出来,这桌酒由你出钱;背不出,由我出钱。"郑振铎被章锡琛一激,就说定赌一桌酒。"一个星期六的晚上,在开明书店大家酒叙,席间有茅公、郑公、章公,还有周予同、夏丏尊、顾均正、徐调孚和钱君匋,以及两位女士。席间章锡琛请茅公背《红楼梦》,并由郑振铎指定一回,茅公果然应命滔滔不绝地背了出来,大家都十分惊讶。可见茅公深厚的古典文学的造诣。"

这个故事很有名，不知被多少街头流行的励志书转引过，可是没人想一想，可能吗？别说背诵全书一百二十回，就是十回、五回，我也不信。压根儿不可能！这比说会背一万首唐诗更离谱。

茅盾的故事流传既广，自然有人效法。据说曾有报道，一位十几岁的中学生，也能背诵全本《红楼梦》。再以后，要出名的天才和神童们，有心超越前人，一个比一个胆大，读书越来越凶，十三岁读完《二十四史》的大部分，活到三十岁四十岁怎么办，中华典籍区区几十万种，岂不是不够他读的嘛。

中国人善于相信。你说什么样的故事都有人信。所以历代的民间宗教特别发达，随便一个人，说他是上帝的哥哥，说她是上帝的亲妹子，都有人信。转眼聚起几十万人，要在人世建金砖铺地白玉栏杆天天吃大饼油条的天国。

因为想起茅盾，就在网上随便搜了搜，搜背书。这一搜，真正没话说了。因为会背书的近代贤达太多了，一个比一个背得多。背"四书五经"倒真的没什么，背《史记》和《汉书》乃是家常便饭。这样看，过去被称为天才的苏东坡，实在只是一个智障孩子。他最爱《汉书》，手抄三遍，读了无数遍,最后还得靠几个字的提示,才能背出相关的段落。可当时的人对东坡还佩服得不行。不知这些可怜的宋朝大文豪们,见到我们今天的盛况,会不会羞惭而死。

刘慈欣和阿西莫夫

　　当初托书店订阅四川出的《科幻世界》杂志，一订三年，国内的资深科幻小说家，印象深的是刘慈欣和韩松。刘慈欣《三体》的第一部，就是在《科幻世界》上慢慢读下来的。说实话，读第一部的时候，没想到它有那么大的格局，第二部和第三部的发展，多少超出意料。第一部尽管写得不错，别人也能写得出来，后面两部，至少在目前，国内无人能出其右。《三体》三部曲一出，中国当代的科幻小说，一下子被拉到和欧美等量齐观的水平。对于中国科幻小说界，这是个奇迹。对于刘慈欣自己，反倒顺理成章。他以前的中短篇，都有一些超凡脱俗的品质。

　　《三体》总体上是压抑的，有怀疑一切的精神。相对于过去众多科幻小说中表达的科学技术发达一定代表着文明和道德进步的浅薄的乐观主义，刘慈欣特别清醒，所以才有了他的"黑暗森林"理论。更高级的文明绝不容许那些有希望的文明自由发展,最终成为潜在对手,因此,他们发现一个,毁灭一个,毫不手软。相对于人类熟知的战争、大屠杀、种族灭绝,这些遥远星系的高级文明毁灭一个星球、一个星系,比我们碾死一只蚂蚁还不当回事。小说结尾,全部人类、地球和整个太阳系,都被无情的外星文明 "降维"——刘慈欣的科幻假设——从三维降为二维,世间的一切,人、房屋、城市、博物馆、道路、山河、星星和月亮,都被压成平面,压成一张纸。这是何等惊心动魄的场面,倘若让好莱坞拍成电影,这个大结局是我们不忍目睹的。

刘慈欣说他的"师承",其中一位,不出所料,正是阿西莫夫;《三体》的模范,正是阿西莫夫的《基地》三部曲。借此机会,找来《基地》重读一遍。一方面,本身即是享受,另一方面,可以冲淡《三体》浓厚的绝望气氛。和罗伯特·海因莱因这些科幻小说黄金时代的作家不同, 阿西莫夫的风格简洁明快。《基地》三部曲相比之下并不厚,三本书,两天就可以读完。三部曲之外的前传后传,图书馆没有。照目录,这套书应该有七本的。

阿西莫夫不是最有气魄的科幻小说家。论气魄,他不如阿瑟·克拉克。他是最聪明的科幻小说家,灵感无穷,写作奇快。善于举重若轻,抄小路,走捷径。《基地》的构思是史诗规模的,阿西莫夫自称想写一部银河帝国衰亡史,就像爱德华·吉本的《罗马帝国衰亡史》。但《基地》没有写成篇幅宏大的长篇小说,而是由几十部长短不一的中短篇构成一部松散的三部曲。他不需要在结构上费力气,时代变迁,他不需要衔接故事。阿西莫夫自然熟悉科幻小说中星际航行的"跃迁",他在小说结构上,用的就是"跃迁"。

我1988年来纽约,住在曼哈顿西137街,市立大学城市学院附近。周围的图书馆, 最近的一家在一百五十多街,中文书只有可怜的几十本,除了台湾版的菜谱,就是港版亦舒和倪匡的小说。我找中文书找得发疯,后来得知,在第五大道40街东南角, 有纽约公共图书馆的唐奈尔分馆,中文书最多。去看,果然很多,整整两个书架。除了菜谱和倪家兄妹,还有一些严肃小说,两岸作家的,翻译的。在唐奈尔借阅过的书里,难忘的有三本:台湾版的《基地》,三本,被图书馆的人配上硬壳,装订成厚得不可思议的一本——厚度超过封面的宽度。早年他们喜欢这么处理书,金庸和梁羽生的武侠小说,四本五本一套的,全被订在一起。借回去,只能摊在桌上看。在床上看也行,只能趴着。

斯托克的《吸血鬼德古拉》——后来看了多种电影改编,包括茂瑙的,都不如小说原著迷人。最后是纳博科夫的《洛丽塔》,可怜这本书的书名被译成了极其恶俗的《一树梨花压海棠》。以至于我带书到学校,都不好意思让人看见封面,怕被以为是本色情小说。我想纳博科夫在坟墓里,不仅是叹气和辗转反侧而已,他非得砸碎了棺材板不可。

读到国内出版的《基地》,已是很多年之后。四川出版集团的全套《基地》,是 2005 年出版的,图书馆 2008 年到货,当即读了第二遍。隔几年再读,读熟了,在喜悦之外,多出一点遗憾:阿西莫夫写得太简略了,很多关键情节,高潮场景,好似好莱坞的剧本,只是一个梗概,靠快速切换和不断引入新人物来支撑大局。不容易处理的转折和过渡,直接跳过。到下一章,以史家的叙事笔触补叙。真是会偷懒讨巧。好在阿西莫夫的狡狯无处不在,他留下悬念,不到最后不翻牌。翻开底牌,你吃惊,又佩服他设计合情合理。比如第二基地,它不在大家一致以为的银河另一端,它偏偏就在川陀,银河第一帝国的首都,昔日世界的中心。神秘的第二基地首领,读者始终不得一窥其真面目,到全书最后一段,谜底揭开,就是那位我们跟着他跑了很久的憨厚老农夫。

川版《基地》采用台湾译本,不知道是不是就是我当年在唐奈尔借到的本子。叶李华的译文谈不上精彩,流畅而已。想想关在汉翻译的《2001 年太空历险记》,那是什么文字! 事实上,收录关译全文的施咸荣主编的上下卷《现代外国科幻小说选》,编选和翻译的质量之高,在今天看来,梦幻一般不真实。

报社那几年,办公室和唐奈尔分馆都在东 40 街上,一南一北,斜对面。下午休息时溜出去,借歌剧影碟,借中英文书。唐奈尔的文学书蔚为大观,专门去找过普鲁斯特的资料,包括传记和书信,收获大出意料。资料太多,结果把我吓怕了,不敢像原来计划的,读几本书,写一篇关于普鲁斯特的文章。

在我离开报社之后两年,拜经济萧条之赐,2008 年 8 月 30 日,唐奈尔分馆卖掉资产,寿终正寝。

2013 年 12 月 3 日改